FICHA CATALOGRÁFICA

(Preparada na Editora)

Frungilo Júnior, Wilson, 1949-

F963u   *Um dia e uma noite : A Jovem Misteriosa /*
Wilson Frungilo Júnior. Araras, SP, IDE, 1ª edição, 2025.

176 p.

ISBN 978-65-86112-91-7

1. Romance 2. Espiritismo. I. Título.

CDD-869.935
-133.9

Índices para catálogo sistemático:
1. Romance: Século 21: Literatura brasileira 869.935
2. Espiritismo 133.9

ide

COLEÇÃO
UM DIA E UMA NOITE

A JOVEM MISTERIOSA

WILSON FRUNGILO JR.

ISBN 978-65-86112-91-7

1ª edição - fevereiro/2025

Copyright © 2025,
Instituto de Difusão Espírita - IDE

Conselho Editorial:
Doralice Scanavini Volk
Wilson Frungilo Júnior

Produção e Coordenação:
Jairo Lorenzeti

Revisão:
Isabela Falcone Oliveira

Capa:
Samuel Ferrari Carminatti

Diagramação:
Maria Isabel Estéfano Rissi

Parceiro de distribuição:
Instituto Beneficente Boa Nova
Fone: (17) 3531-4444
www.boanova.net
boanova@boanova.net

Impressão:
Plena Print

INSTITUTO DE DIFUSÃO ESPÍRITA - IDE
Rua Emílio Ferreira, 177 - Centro
CEP 13600-092 - Araras/SP - Brasil
Fones (19) 3543-2400 e 3541-5215
CNPJ 44.220.101/0001-43
Inscrição Estadual 182.010.405.118
www.ideeditora.com.br
editorial@ideeditora.com.br

Todos os direitos reservados. Nenhuma parte desta publicação pode ser reproduzida, armazenada ou transmitida, total ou parcialmente, por quaisquer métodos ou processos, sem autorização do detentor do copyright.

SUMÁRIO

1 - MARCELO 7
2 - NICE 13
3 - A JOVEM MISTERIOSA 19
4 - BÁLSAMO PARA A ALMA 33
5 - O JANTAR 45
6 - O CAFÉ DA MANHÃ DE MARCELO 59
7 - O CAFÉ DA MANHÃ DE FLÁVIA 65
8 - LUPÉRCIO E MEIRE 75
9 - NICE E O CONVITE 87
10 - O PROPRIETÁRIO DO VEÍCULO 97
11 - O TELEFONEMA 111
12 - SEU ERNANI, UM BOM HOMEM 125
13 - COINCIDÊNCIA? 137
14 - UM ESPÍRITO FEMININO 145
15 - O ENCONTRO DE MARCELO E FLÁVIA 151
16 - QUEM DIRIA? 165

1
MARCELO

Marcelo, 33 anos, era formado em Engenharia Civil e trabalhava numa grande construtora no setor de projetos e estruturas, com invejável salário, fruto de sua capacidade e dedicação com vistas a um futuro promissor, já anunciado pela diretoria da empresa.

Solteiro, já havia dois anos que não mais procurara envolver-se seriamente com nenhuma mulher, ainda abalado por uma decepção amorosa que vivera com Adriana, a quem namorara por anos. A moça, com quem fazia planos de casar, vislumbrando uma vida de muita felicidade e filhos, simplesmente rompera com ele ao conhecer outro rapaz, por quem, dissera ela, ter se apaixonado perdidamente.

Após muito sofrimento, Marcelo conseguira se recuperar, mas tornara-se introvertido e até mesmo com pouca autoestima para relacionar-se novamente.

Quase não saía de casa, vivendo com os pais, seu Brasílio e dona Vera, numa linda casa na capital paulistana. Seu pai também trabalhara no ramo da Engenharia e hoje se encontrava aposentado, dedicando-se a um projeto particular de catalogar, com fotos e históricos, as antigas construções da cidade de São Paulo, no intuito de lançar um livro sobre o assunto.

Dona Vera, por sua vez, sempre dedicada ao lar, ainda possuía disposição suficiente para utilizar algumas horas do dia num trabalho voluntário de uma organização filantrópica que visava auxiliar pessoas com problemas psíquicos de toda ordem, através de terapia em grupo. Formada em Psicologia, sem nunca ter trabalhado, agora vira a oportunidade de colocar os seus conhecimentos em prática.

Marcelo também possuía uma irmã, Márcia, casada com Otávio, proprietários de um restaurante em bairro nobre da cidade, bastante frequentado por executivos e funcionários graduados dos escritórios localizados naquela área.

— E, então, filho? Muito trabalho hoje? – perguntou a mãe quando o rapaz chegou para jantar.

— Como sempre, mamãe.

— Trabalho é o que não falta nesse ramo – completou seu Brasílio, demonstrando compreender o que se passava num escritório de engenharia. – Mas o trabalho é o remédio para todos os males, não é, filho?

— Tem toda a razão, pai, e, graças a Deus, aprendi isso com o senhor, através do seu exemplo.

– Trabalhar demais, também não – disse dona Vera, sorrindo para o marido, reportando-se, certamente, ao tempo em que ele, quase sempre, retornava tarde do trabalho, tão dedicado era ao que fazia.

– Às vezes é preciso.

– Eu compreendo. Você trabalhou bastante e por isso agora pode realizar o que deseja, pois nos colocou em uma situação financeira tranquila. Pudemos estudar Marcelo e ainda ajudar Márcia e Otávio com o restaurante.

– Isso é verdade – concordou Marcelo –, pude cursar uma boa Faculdade, com muita tranquilidade para estudar.

– E Elenice, filho? Como estão indo as coisas? Você disse que talvez...

– Não sei, mamãe. Nice é uma boa moça, a senhora ficou sabendo que ela gosta de mim, mas apenas somos bons amigos. Qualquer dia destes, irei convidá-la para jantarmos juntos. Aliás, na verdade, nem será preciso convidá-la.

— Não? Por quê?

— Porque hoje vai haver um jantar em comemoração ao aniversário do Rodrigo e eu estou pensando em ir.

— Ah, isso não é a mesma coisa. Será muito bom que vá a esse jantar, mas é bem diferente de você convidá-la para jantarem a sós.

— A senhora está certa. De qualquer forma, farei o possível para sentar-me junto dela.

— Quanto a isso não vai precisar se preocupar, pois tenho certeza de que ela mesma se encarregará de sentar-se ao seu lado.

O rapaz riu e asseverou:

— Farei o possível para nos sentarmos um ao lado do outro, mãe.

— Pois faça isso, filho — disse seu Brasílio. — Para você só falta enveredar por esse caminho: namorar, casar e ter filhos, enfim, constituir uma família.

— Não sei...

– Compreendo que ainda se ressente com a Adriana, mas é necessário entender que o amor possui estranhos caminhos e ela não tem culpa de ter se apaixonado por outra pessoa, não é?

– É verdade, sim, mamãe, e pode ficar tranquila que já superei esse rompimento do namoro, apenas ficando, digamos assim, certo cuidado de minha parte para iniciar um novo relacionamento.

– Que bom, filho, e tenho certeza de que você irá encontrar uma boa moça. Se até eu encontrei uma boa moça... – disse o pai, rindo.

E todos se divertiram com aquela tirada de seu Brasílio.

2
NICE

No dia seguinte, Marcelo levantou bastante animado para o trabalho, talvez prevendo, como imaginara, que algo de muito bom viria a lhe acontecer nesse dia.

Chegou ao escritório, cumprimentando a todos com muita alegria, brincando com uns e outros, coisa que raramente ocorria, apesar de ele sempre cumprimentá-los de maneira educada e até jovial.

Passando por Nice, pediu-lhe que, assim que

pudesse, fosse até sua sala, dirigindo-se, em seguida, até uma porta, onde se encontrava o seu nome e o cargo que ocupava, logo abaixo, numa placa de metal.

— Que deu nele, hoje, Nice? Nunca o vi tão animado assim...

— E até a chamou para conversar, hein, amiga?

— Será que vai pedi-la em namoro? — brincou Sônia.

— Parem com isso, gente! Será que ninguém pode mais se alegrar com alguma coisa? Talvez, ele tenha tido uma boa notícia.

— Será que, finalmente, Adriana o procurou e voltaram a se entender? — disse uma das amigas, na tentativa de ver a reação de Nice, afinal, todos sabiam de seu amor pelo rapaz.

A moça baixou a cabeça e continuou seu trabalho, enquanto Alice, procurando colocar um ponto final naquela conversa e dar novo animo à amiga, disse:

— Vocês não têm mais o que fazer?

— Estamos apenas brincando, Alice.

— Então, vamos trabalhar. E se querem saber minha opinião, pode ter acontecido de tudo com Marcelo, mas reatar com Adriana, tenho certeza de que não foi o que aconteceu, pois ela nem mais está residindo no Brasil.

— Não? – perguntou Nice, interessada na notícia.

— Você não sabia?

— Não...

— Eu sei disso, porque tenho uma prima que a conhece. Adriana, assim que se formou, foi para o Canadá fazer especialização e acabou sendo contratada pela própria Universidade.

— Que chique, hein? E o namorado dela?

— Eles se casaram e ele foi também. Agora, não me perguntem mais, porque não sei de mais nada. E você, Nice, está se esquecendo de que tem de ir até a sala do Marcelo?

— Não me esqueci, não. Já estou indo.

E a moça, ruborizada com toda aquela conversa, dirigiu-se até a porta do rapaz, batendo nela com os nós dos dedos.

— Pode entrar.

— Com licença.

— Sente-se, Nice. Quer tomar um café?

— Obrigada, eu já tomei. Bem, estou à disposição. Alguma nova ordem?

— Não, não, Nice. E fique à vontade. Não sou chefe de nenhuma de vocês, apesar de me fazerem o favor de providenciar o que lhes peço.

— É o nosso trabalho, Marcelo.

— Está certo. Na verdade, eu apenas gostaria que, se fosse possível, você conferisse os dados deste relatório, comparando-o com os desta planilha. É que eu já conferi por três vezes e acabei passando por cima de dois erros. Penso que ando um pouco distraído ultimamente.

— Você está com algum problema? – perguntou a moça, preocupada.

— Não... É que... Acho que tenho trabalhado bastante, sabe?

— Você precisa se distrair um pouco, Marcelo.

— Pois é o que eu estou pensando em fazer. A propósito, é você quem está organizando o jantar de hoje à noite, não?

— Já está tudo organizado.

— Então, eu gostaria de fazer minha adesão. Ainda dá tempo?

— Lógico que dá!

— Há uma vaquinha, não?

— Sim.

Marcelo retirou a carteira do bolso e, perguntando quanto seria, entregou o dinheiro a Nice.

— Que bom que você irá, Marcelo. Rodrigo ficará muito contente, mesmo que ele pertença a outro setor.

— Será às vinte e uma horas, não?

— Não. Desta vez, o pessoal resolveu marcar

para as vinte e duas horas, afinal hoje é sexta-feira e amanhã ninguém virá trabalhar.

— No restaurante de sempre?

— Isso mesmo.

— Então, estamos combinados.

— E o relatório? Para que horas você necessita dele?

— Não precisa ter pressa, Nice. Ainda tenho outro bem extenso para elaborar. Faça com calma e quando tiver tempo.

— Está bem.

— Obrigado.

— Não precisa me agradecer. Farei com todo o prazer, além de fazer parte do meu trabalho dar assistência a você. E sou sua funcionária, sim.

3
A JOVEM MISTERIOSA

Já eram nove e quinze da noite e Marcelo dirigia seu carro até o restaurante. Ia pensando se havia sido uma boa ideia ir a esse jantar, pois acabaria se sentando junto a Nice e não sabia se realmente estava interessado nela ou apenas tentando dar um novo rumo em sua vida.

Também não gostaria de iludi-la, dando-lhe esperanças sobre algo que não tinha certeza se daria certo. De qualquer modo, procurou tranquilizar-se, pois seria apenas um jantar de aniversário e nem pensava em tomar alguma atitude que viesse a parecer que algo de sério estaria começando entre os dois.

Jantariam, conversariam, e talvez até dançassem. A única coisa que tinha vontade que acontecesse era que acabasse se apaixonando por ela. Queria muito, pois sabia que Nice era uma moça sensata e de princípios, enfim, alguém com quem se poderia ter uma vida tranquila e feliz.

"Quem sabe..." – pensava.

O trânsito estava intenso naquela noite, o que o obrigava a dirigir bem devagar. E estava assim absorto em seus pensamentos quando algo lhe despertou a atenção. A poucos metros à frente, viu uma moça, aparentando trinta e poucos anos, muito bem vestida, que se encontrava encostada com o ombro esquerdo a uma parede, apenas iluminada pelos letreiros e pelas vitrinas acesas daquela rua de intenso comércio de modas.

E preocupou-se ao vê-la porque, pela sua expressão, demonstrava estar desesperada, olhando ora para um lado ora para outro, parecendo que poderia desfalecer a qualquer momento.

Marcelo não teve dúvidas. Estacionou o veículo na primeira vaga que encontrou no meio-fio da calçada e, descendo rapidamente, chegou até ela.

— Boa noite, moça. Desculpe a minha intromissão, mas ia passando e percebi que talvez esteja precisando de ajuda. Estou certo?

— Não me toque... — respondeu ela, quase que num sussurro — Ninguém pode me ajudar. É verdade que estou desesperada e nem sei para onde devo ir...

— Tenha calma, eu poderei ajudá-la, sim. Basta que me diga o que deseja, o que eu poderia fazer por você. Quer que eu a leve a algum lugar?

— Eu não sei onde estaria em segurança — respondeu, quase sem forças.

Marcelo, então, percebeu que ela se encontrava muito nervosa e com medo de alguma coisa ou de alguém.

– Você está perdida?

– Como sabe?

– Apenas imagino, pois disse não saber para onde ir. E também que não sabe onde estaria em segurança.

– Eu me perdi de uma pessoa muito querida.

– E quem é essa pessoa? Eu poderia ajudá-la a procurar. Onde você estava quando se perdeu dela?

– Quem é você?

– Meu nome é Marcelo e nunca fiz mal a ninguém. Pode confiar em mim. – afirmou com a intenção de tranquilizá-la.

– Todos dizem a mesma coisa.

– Há muita gente boa neste mundo.

– Não eles.

– Eles quem?

– Você não sabe?

– Não. Eu só conheço gente amiga, apesar de existirem realmente aqueles que são maus.

E a estranha passou alguns instantes a olhar para ele, com um olhar vago. E foi aí que Marcelo percebeu o quanto ela era linda. Cabelos negros, curtos, olhos verdes, pele aveludada, característica própria das pessoas que não precisavam enfrentar o sol para ganhar a vida.

Pelas vestes, parecia ser muito rica, principalmente pela grossa pulseira, com certeza de ouro, que trazia no punho esquerdo, unhas impecavelmente uniformes e pintadas de vermelho, além do reluzente e dourado colar a lhe emoldurar o pescoço.

Mas o que mais atraiu a sua atenção foi a suavidade das linhas de seu rosto e do olhar, que deveria ser tranquilo, não fosse o medo que estava enfrentando naquele momento.

Com a visão da fragilidade que notava naquela linda criatura que, repentinamente, cruzara o seu caminho, viu-se possuído de incontrolável necessidade de protegê-la de qualquer perigo que porventura estivesse correndo.

E ia além: sentia desejos de tomá-la nos braços, conduzi-la até local seguro e olhar por ela, impressionando-se com a terna fixação que o invadira no sentido de ampará-la.

Intentou, dessa forma, aproximar-se um pouco mais, mas a moça, num ímpeto, começou a afastar-se.

– Não me toque – disse – Não me toque.

– Por favor, não tenha medo. Quero apenas ajudá-la, já lhe disse. – insistiu o rapaz, tentando aproximar-se um pouco mais.

Esse ato foi o bastante para que ela, como que tomada de repentina disposição, começasse a correr pela calçada.

– Espere! Espere! Deixe-me ajudá-la!

Mas a desconhecida continuou a correr e Marcelo, tão deslumbrado se encontrava, percebeu que, mesmo que iniciasse uma corrida em seu encalço, não a alcançaria, pois ela já atravessara a agora movimentada rua, desviando-se dos veículos e desaparecendo por entre jovens que circulavam pelos barzinhos da outra calçada.

※ ※ ※

Mesmo assim, Marcelo apanhou o seu carro e começou a rodar pelas imediações daquele local, na esperança de encontrá-la. Girou por cerca de meia hora até que avistou uma loja de departamentos que ainda se encontrava aberta e com grande movimento.

Dirigiu-se até o estacionamento da loja e chegou intimamente a irritar-se com a demora dos outros motoristas em apanhar o tíquete e passar pela cancela que também se abria lentamente.

Enfim estacionou e dirigiu-se à porta de entrada, agora bastante preocupado e indeciso se deveria continuar com essa inusitada busca pela moça, já que se aproximava a hora do jantar.

"Meu Deus! Vou me atrasar! Mas ainda quero fazer uma última tentativa. O restaurante não fica longe daqui e, com certeza, muitos se atrasarão também." – pensou, tentando justificar-se diante do compromisso assumido.

Entrou na ampla galeria e era grande o número de pessoas pelos corredores e no interior de cada setor.

"Como vou encontrá-la aqui, neste verdadeiro formigueiro? E nem sei se ela veio para cá."

E principiou a ficar na ponta dos pés, tentando olhar por cima dos transeuntes que ali se encontravam e que pouco lhe davam chance de andar mais rápido.

Nesse momento, avistou uma pequena escada de armar que alguém deveria estar usando para trocar uma lâmpada e dirigiu-se até ela, espremendo-se pela massa humana à sua frente.

Quando chegou até a escada, um funcionário estava prestes a desarmá-la.

– Por favor, meu amigo. Antes que você leve essa escada, permita-me subir nela por alguns segundos. Estou procurando uma pessoa e se eu pudesse olhar lá de cima...

O homem encarou-o e sorriu diante daquele pedido.

– Você quer encontrar alguém que está aqui? Vai ser difícil. Por que não vai até aquela cabine ali e pede para o locutor chamar pelo nome da pessoa? Ele fará isso para você.

– É que... bem... eu não sei o nome... não deu tempo de lhe perguntar...

– Tudo bem. Pode subir que eu seguro a escada para você.

– Obrigado.

– Vá em frente, quer dizer, suba em frente ou para cima – disse o funcionário, divertindo-se com o que dissera.

E Marcelo subiu rapidamente, espantando-se com a sua agilidade, já que subir em escadas daquele tipo não era o seu forte, só parando quando não dava mais para poder se segurar com as mãos.

Olhou para todos os lados, procurando avistar a moça, mas sem resultado. Voltou a atenção para as entradas dos departamentos, intentando inclusive ver o interior de cada um, mas acabou por desistir.

Quando já havia descido dois degraus, displicentemente, girou a cabeça, fixando o olhar na porta por onde entrara e quase foi vítima de um acidente diante da afobação que tivera repentinamente em descer. E assim que tocou o solo, disparou naquela direção, sem nem mesmo agradecer ao gentil funcionário.

Ele a vira, ela estava saindo por aquela porta, ainda olhando para os lados, como se temesse encontrar-se com alguém. E continuava difícil abrir caminho entre o que ele considerava uma multidão sem fim.

Quando passou pela porta, pôde vê-la, a passos rápidos, caminhar pelo estacionamento, carregando um chaveiro na mão. Apertou os passos também. Agora iria falar com ela, pensou, já dando para visualizar a grossa pulseira de ouro, assim como o também reluzente colar.

— Ela está de carro — concluiu Marcelo, podendo perceber, que já se encontrava a poucos metros de distância.

E ele chegou bem próximo no momento exato em que ela abria a porta e se preparava para entrar no veículo.

— Espere — disse Marcelo, chegando a tocar no ombro da moça que, virando-se bruscamente, olhou para ele, assustada.

— Não me toque, por favor. Deixe-me ir.

— Eu não vou lhe fazer nenhum mal. Só quero ajudar você, por favor. Você vai dirigir desse jeito? É perigoso.

— E eu lhe peço... Na verdade, imploro: afaste-se, por favor. Deixe-me me entrar no meu carro e ir embora.

— Tudo bem, eu só queria lhe falar. Você está muito assustada e eu me sensibilizei com isso. Vou repetir: eu só quero ajudá-la e você não se encontra em condições de dirigir.

— Tudo bem — respondeu a moça, visivelmente assustada e apavorada. — Se você quer me ajudar, vamos conversar em algum outro lugar. Entre no carro. Você está armado?

— Armado? Não, nunca andei armado.

— Então, por favor, entre no lado do carona.

Dizendo isso, ela rapidamente acomodou-se no banco do motorista e, enquanto Marcelo contornava o veículo, ela fechou a porta e, acionando um botão, travou a todas.

— Ei, abra a porta! — gritou Marcelo. — Deixe-me entrar.

Mas a moça já havia ligado o carro e partia devagar, tendo em vista a dificuldade de passar por entre os carros ali estacionados.

Marcelo começou a acompanhar o trajeto do veículo, tentando falar com ela, mas, percebendo que nada conseguiria, correu até o seu, no intuito de tentar segui-la, não sem antes memorizar a placa do carro, um modelo importado. Estava alucinado com tudo aquilo e até tentou alcançá-la, porém ela passou pela cancela, bem antes dele, o que o fez perdê-la de vista.

"Pelo menos tenho o número da placa." – pensou, agora rindo de si mesmo – "Mas para quê? O que eu tenho a ver com essa moça? Se estava perdida ou tinha se perdido de alguém, pelo menos encontrou sua condução. Quem sabe não é uma ricaça envolvida... sei lá... pelo medo que sentia... talvez até com drogas...? E eu aqui feito um trouxa. Eu vou é para a festa. Nice, lá vou eu!"

4
BÁLSAMO PARA A ALMA

Nesse momento, numa rica mansão, em outro bairro da cidade grande, o senhor Nogueira, abastado homem de negócios, e sua esposa Dulcides, conversavam em seu quarto.

– Chorando, Dulcides? – perguntou à esposa.

– As lágrimas são um bálsamo para a nossa alma, querido, principalmente se as derramamos com muita fé em Deus.

– Os espíritas também choram, não é?

— Choramos, sim, apenas com mais consolo, porque aprendemos, com os Espíritos, a entender os caminhos da vida e a necessidade de passarmos pelas dificuldades para podermos aprender a evoluir rumo à real felicidade.

— Eu ouvi você falando com a Flávia. Tudo bem com ela?

— Está um pouco amedrontada, Nogueira, mas já está voltando para casa.

— Mas ela não saiu com as amigas?

— Saiu, mas quando percebeu, já havia escurecido. Estavam numa lanchonete e Flávia imaginava que Shirley iria voltar com ela, porém a amiga resolveu ir com as outras numa festa e nossa filha ficou sozinha. Ela me ligou contando, para ganhar coragem.

— Mas o carro não estava estacionado perto dessa lanchonete?

— Não. Ela o deixou no estacionamento de uma loja de departamentos e foram a pé até esse local.

O homem baixou a cabeça tristemente.

– Nossa filha está passando por um grave problema, Dulcides.

– Também pudera. Depois do que aconteceu...

– Se Deus quiser, ela vai sarar com o tratamento.

– Vai, sim, querido.

– Nosso motorista poderia levá-la aos lugares que desejasse, mas penso que ela terá de enfrentar esse trauma sozinha.

– E tem razão, Nogueira. Se ela não enfrentar, não vai sarar nunca. Nem com o auxílio do doutor Meirelles.

– É um dos melhores psiquiatras da capital.

– Ela vai superar.

– Dulcides, fale-me um pouco mais sobre essa Doutrina Espírita para que eu possa ter mais forças, querida – pediu o marido, já enxugando algumas lágrimas com um lenço.

Nogueira nunca se opôs a que a esposa frequentasse os cursos de um Centro Espírita que se localizava próximo à sua residência e também que se envolvesse com os trabalhos de assistência aos mais necessitados que lá procuravam apoio, tanto material quanto espiritual.

— Sobre o que quer que eu lhe fale?

— Gosto de ouvi-la falar sobre as sucessivas encarnações que nos ocorrem como forma de aprendizado. Esse assunto me traz consolo quanto ao sofrimento por que passamos.

— Bem, Nogueira, eu não tenho mais tanto para lhe falar pelo número de vezes que já conversamos a respeito e talvez eu me torne repetitiva.

— Não me incomoda, Dulcides. Gosto de ouvi-la falar porque, a cada vez que me explica, parece que consigo compreender mais.

A esposa, então, aconchegou-se em seus braços e lhe explanou, como se fosse a primeira vez:

— Eu já lhe disse, e torno a repetir, que somente uma força criadora de muita sabedoria, a que chamamos Deus, pode ter-nos criado e a tudo o que existe nesta Terra, com tanta perfeição.

– E que nós, muitas vezes, prepotentes que somos, achamo-nos donos de grande sabedoria, não é mesmo? Até imaginamos que este planeta seja o centro do Universo e que a Terra foi Sua única criação.

– Isso mesmo. E o homem, com o seu orgulho, acha que basta viver pouco tempo aqui para que, com a morte do corpo físico, tenha condições de se encontrar com o Seu criador ou viver num paraíso, pleno de felicidade.

– Mas o que significam os anos de nossa vida se, perante a eternidade, não passariam de menos que um segundo, não é? Gosto muito dessa parte, desde que a abordou pela primeira vez.

– Isso mesmo.

– E por que Deus, a seu bel-prazer, criaria alguns de Seus filhos para que vivessem sem problemas e outros que somente viessem a conhecer o sofrimento? – continuou o marido – Também gosto muito de pensar nisso e nas explicações que você já me deu.

— E é por isso que temos de viver muitas vidas, muitas encarnações para podermos aprender o que devemos saber para nos tornarmos merecedores de um mundo mais feliz. Uma só vida não seria suficiente.

— Aprecio muito esse raciocínio e você fala sempre que temos de passar por certas dificuldades, geralmente as mesmas que causamos ao nosso próximo, não como castigo, porque Deus não nos castiga nunca, mas para que possamos aprender, não é?

— Você está se tornando um bom ouvinte, querido. Lembro-me de que quando comecei a lhe falar sobre a Doutrina Espírita, você custava a entender e me fazia muitas perguntas... E hoje, até completa os meus pensamentos. E uma doutrina religiosa deve ser assim. Não obrigar ninguém a ter ideias simplesmente impostas, mas fazer com que se raciocine sobre elas.

— E o que está acontecendo com a nossa filha, devemos encarar como um aprendizado para ela, não?

— Para ela e para nós, Nogueira. Falo constantemente com Flávia a esse respeito.

— E que devemos fazer tudo o que estiver ao nosso alcance a fim de que as pessoas não se deixem envolver pelas maldades que ainda existem na vida, não é?

— Sim. É por isso que lhe peço tanto dinheiro para ajudar na divulgação do Evangelho de Jesus.

— Você está se referindo ao livro "O Evangelho Segundo o Espiritismo" que nos traz as explicações dos Espíritos sobre os ensinamentos de Jesus...

— Sim. Quando todos se tornarem cristãos, a Terra se transformará numa sala de aula mais feliz, porque aqui é uma verdadeira escola da vida.

— Sinto muita satisfação em ajudar a divulgação dessa obra de Allan Kardec, transmitida a muitos médiuns no século XIX, por Espíritos de alta elevação moral.

E o homem, tristemente, perguntou agora, com mais lágrimas a lhe brotarem dos olhos:

— E quanto a esses Espíritos que desencarnaram no tiroteio com a polícia, depois do que fizeram? Quanta maldade desses pobres drogados!

— Com certeza, querido, foram atraídos em direção a outros tantos que ainda vivem, na verdadeira dimensão da vida, a espiritual, imantados pelo pensamento no mal ou sofrendo as atrozes dores do arrependimento.

— Eram viciados, não, Dulcides?

— Sim, e muitos deles, quando no Plano Espiritual, ainda sentem a tormentosa necessidade e passam a sorver as emanações etílicas ou das drogas, junto a encarnados com os quais se apegam, numa verdadeira simbiose.

— E isso faz com que os encarnados consumam cada vez mais, não é assim?

– Sim, porque acabam tendo de dividir com os desencarnados. Muitos Espíritos, inclusive, procuram fazer com que mais habitantes da carne se tornem presas do vício, para poderem também se satisfazerem.

– E quando tudo isso termina, Dulcides?

– Para cada Espírito, chega um momento em que acabam se cansando da vida que levam, inclusive, com grandes prejuízos de seu corpo espiritual, o perispírito, e rogam auxílio a Deus ou a Jesus.

– O corpo do Espírito continua com o problema, você já me explicou...

– Sim, no Plano Espiritual, o Espírito enverga um corpo, denominado de perispírito, que é como este que nós utilizamos quando na Terra. Na verdade, esse perispírito é que liga o Espírito ao corpo de carne. E o corpo de carne nada mais é do que uma cópia desse perispírito. Quando retorna ao Plano Espiritual, apenas perde o corpo mais grosseiro. O perispírito é matéria também, só que em outra dimensão.

— E eles se tocam como aqui e também aos objetos que lá existem, como se fosse um "outro mundo"...

— Isso mesmo. Lá, há moradias, hospitais, escolas, veículos, tudo como aqui que, aliás, é cópia de lá. É verdade que lá existem cidades que são bem mais avançadas que as nossas, não somente em tecnologia e conhecimento, como no sentimento fraternal. Mas também há locais bem atrasados em que os Espíritos inferiores, que tanto mal praticaram, aglomeram-se, às vezes, sem ter onde repousar ou com o que se alimentar.

E muitos ficam a perambular aqui pela Terra, influenciando os encarnados que se deixam levar por eles aos desmandos da ganância, do sexo e dos diversos tipos de vício.

— O vício não é só o das drogas ou do álcool, não é, Dulcides?

— Não e, inclusive, se levados ao extremo, muitos deles são tão nocivos, ou até mais, quanto aqueles. Já sabemos que a vaidade, o orgulho, a inveja, o egoísmo, a ganância, a intolerância, a impaciência, o ódio, o desejo de vingançae a maledicência trazem grande sofrimento ao homem e o faz perder-se e enveredar-se pelos caminhos do mal.

— E quanto àqueles criminosos?

— Jesus nos ensinou a perdoar e é o que devemos fazer, Nogueira. Perdoar e orar por eles a fim de que reencontrem um novo rumo para suas vidas.

— E se ainda estivessem vivos?

— Sei aonde quer chegar com essa pergunta, Nogueira, e você sabe a resposta.

— Sei. Deveríamos perdoá-los da mesma forma, orar por eles, mas apartá-los da sociedade, numa prisão, por exemplo, como forma de proteger outras pessoas enquanto a insanidade tomar conta do coração de cada um deles.

— Pois é isso. Não devemos cultivar o ódio, nem o desejo de vingança, mas sim, fazer cumprir a lei dos homens aqui nesta Terra.

Ficaram a conversar mais um pouco até que a filha entrou na casa, subiu as escadas que levavam aos quartos e bateu de leve na porta do quarto dos pais.

– Entre, filha – disse dona Dulcides.

– Desculpem-me acordá-los, apenas vim lhes dizer que já cheguei e estou bem. Agora, pretendo tomar um banho e deitar-me. Não precisam se preocupar, pois estou ótima. Amanhã, conversaremos. Boa noite, mamãe. Boa noite, papai.

– Boa noite, filha – responderam os dois, quase em uníssono.

5
O JANTAR

– NICE, MARCELO CHEGOU!

Eram pouco mais de onze horas da noite quando o rapaz entrou no restaurante. Todos já se encontravam sentados em seus lugares e as amigas de Nice propositadamente deixaram um lugar vago à sua frente para que Marcelo o ocupasse, já que os homens se sentaram defronte das esposas ou namoradas. Um pianista executava músicas clássicas, entremeadas por outras mais populares, proporcionando contagiante alegria ao ambiente.

Nice estava constrangida com aquela atitude das colegas, porém tinha ciência de que a maioria dos funcionários daquele setor já sabia de seu interesse pelo jovem engenheiro.

Quando a moça o viu, sentiu um alívio, pois se veria livre dos olhares que, vez ou outra, dirigiam-se a ela, alguns seguidos de um pequeno sorriso de compreensão, outros de leve sentimento de ansiedade e comiseração, ao percebê-la naquela situação.

Na verdade, ela não sabia mais se ficara feliz ao vê-lo entrar no restaurante ou, simplesmente, de raiva pelo seu atraso, fazendo-a passar por tudo aquilo.

De qualquer forma, compreendia que ele não tinha culpa, já que nunca a incentivara a nada e nem poderia imaginar que havia uma cadeira aguardando-o num local premeditado.

Quando ele se aproximou, percebendo que o único lugar para se sentar seria aquele, Nice se sentiu levemente patética.

"Será que Marcelo sabe de meu interesse por ele?" – pensou – "E se sabe, o que deverá estar pensando neste momento?"

– Boa noite a todos – cumprimentou o rapaz, acenando com a cabeça para os presentes, perto de cinquenta pessoas, entre funcionários e acompanhantes.

Era uma prática dos funcionários dos escritórios daquela construtora realizar eventos como aquele, em comemoração ao aniversário de um deles ou mesmo de dois ou mais que haviam nascido no mesmo mês.

Cotizavam as despesas e se divertiam até a madrugada naquele restaurante, que já se acostumara a servi-los, praticamente todos os meses do ano.

– Desculpem-me pelo atraso. É que tive um contratempo.

– Alguma coisa grave, Marcelo? – perguntou Nice, preocupada.

– Não, nada de mais. Apenas quis ajudar uma pessoa que se encontrava em dificuldades.

Nice, nesse momento, sentiu um alívio, pois isso a livrava do pensamento de que ele fora indelicado em chegar atrasado, sendo que muitos, assim como ela, ali haviam chegado por volta das nove e trinta e, às dez horas, todos já se faziam presentes, conversando e divertindo-se.

– Então, considere-se desculpado – disse Ana, uma das funcionárias.

– E você conseguiu ajudar essa pessoa? – perguntou-lhe Nice.

– Eu até tentei, mas ela, infelizmente, não aceitou a minha ajuda.

"Felizmente – pensou a moça –, senão, talvez não tivesse chegado ainda."

– E qual era o problema? – indagou uma outra.

– Era do sexo masculino ou feminino? – perguntou agora Ana, com um sorriso malicioso.

— Era uma moça.

— Uma moça? E ela era bonita? – continuou Ana, olhando para Nice e divertindo-se.

— Era muito bonita, sim. Era linda. – respondeu Marcelo, mais para divertir-se com a pergunta.

— Então está explicado – disse Ana. – Os homens estão sempre prontos a ajudar mulheres bonitas.

O rapaz ficou pensativo e procurou mudar de assunto.

— E, então, o que teremos para comer hoje?

— Ah, será surpresa – respondeu Nice.

— Você acredita que a Nice, quando soube que você viria, telefonou para o restaurante, modificando o cardápio? – perguntou Liz, alfinetando a amiga.

— Liz! – exclamou a moça, com expressão de censura.

— Mas não é verdade? – continuou a amiga, animada pelos aperitivos que tinha ingerido, sem se importar com o disfarçado pontapé que Ana lhe aplicara por debaixo da mesa. Esta, apesar de brincar com a amiga, considerou que Liz havia ido longe demais.

Mas a alegre amiga, não deixou por menos.

– Não adianta me chutar, Ana! O que tem de mais eu revelar esse segredo da Nice? E não foi, minha amiga?

– É verdade, sim – procurou responder a jovem apaixonada, apesar de sentir que a vermelhidão lhe tomara conta da face. – Eu sabia que Marcelo gostava do prato que será servido e fiz isso a fim de entusiasmá-lo a vir mais vezes nestes nossos encontros.

Marcelo sorriu e, para amenizar um pouco a embaraçosa situação da moça, propôs:

– Até poderíamos tomar como regra essa gentileza da Nice.

– Como assim? – perguntou Ana.

– Poderíamos, a cada jantar, eleger alguém

para que um dos pratos a serem servidos, fosse de sua predileção. O que acham dessa ideia?

– Muito boa, sim – respondeu Nice.

– Somente seria necessário ouvir a opinião dos outros participantes, quando do próximo evento. E tudo poderia ser feito em segredo por quem estivesse organizando, sem que ninguém ficasse sabendo – sugeriu, ainda, Marcelo.

– E se cada um de nós anotasse numa única lista o seu prato preferido?

– Legal! – exclamou Liz, tomando mais um gole de sua taça – Seria divertido. Quem não gosta de uma surpresa?

– E a surpresa seria para todos, com exceção de quem estivesse organizando a festa, como disse o Marcelo.

– Vejam! – exclamou Ana – Já estão começando a servir o jantar.

– Isso é muito bom – concluiu Getúlio, sentado próximo às moças.

E o jantar transcorreu num clima de muita alegria e festa, sendo que ao término do serviço dos garçons, e do apetite, aos poucos todos foram se acomodando em grupos, com certeza afinados com a preferência dos assuntos abordados.

Nice e Marcelo acabaram se sentando num banco do lado de fora, ainda no recinto do restaurante e habilmente deixados à sós pelos colegas.

– Você me pareceu um pouco quieto, Marcelo – comentou Nice. – Seria por causa do que aconteceu esta noite com respeito àquela moça que você quis ajudar?

– Pode ser, sim. Realmente, ela necessitava de auxílio, de alguém que a protegesse, sabe?

– Protegesse? Como assim?

– Ela se encontrava desesperada e com muito medo de alguma coisa ou de alguém, não sei bem. Ela até chegou a se referir a "eles".

– Eles?

– Sim. Quando eu lhe disse que ela poderia confiar em mim, que eu não lhe faria nenhum mal, e que existe gente boa neste mundo, ela me disse: "não eles".

— Então ela devia estar com medo de um grupo de pessoas, com certeza.

— Quando tentei me aproximar mais, ela pôs-se a correr, atravessando a rua por meio dos carros e a perdi de vista.

— E você tentou achá-la? Foi à sua procura?

— Fui. Dei umas voltas ao redor daquele local, mas não a vi, até que resolvi procurar em uma loja de departamentos, uma galeria.

— E a encontrou?

— De início, não, pois havia muita gente. Você acredita que cheguei a tomar emprestada uma escada, que um funcionário estava utilizando, para poder olhar do alto para ver se a avistava?

— Não acredito – respondeu a moça, achando graça naquela atitude, ao mesmo tempo em que se preocupava com o fato de ele ter se influenciado tanto pela jovem desconhecida.

— Pois foi o que fiz e já estava quase desistindo quando a vi saindo daquele local.

— E conseguiu alcançá-la?

— Consegui quando ela já estava com a porta do seu carro aberta, por sinal, um belo veículo, com certeza importado.

— Falou novamente com ela?

— Falei e ela me pareceu mais amedrontada ainda e agora com medo de mim.

— E...?

— Ela me enganou.

— Enganou como?

— Sugeriu que conversássemos em outro lugar e me pediu para entrar no carro.

Nice, então, não pôde evitar a risada, dizendo:

— Espere, não me conte o que aconteceu. Deixe-me adivinhar.

— Você acha que foi tão óbvio assim o que ela fez?

Nice concordou com um menear afirmativo da cabeça, rindo e dizendo:

– Enquanto você deu a volta no carro para entrar, ela foi mais rápida, travou todas as portas e foi embora, não foi?

Marcelo riu também e, fazendo cara de tolo, concordou:

– Foi isso mesmo.

– E você? O que fez?

– Tentei fazê-la parar, mas, lógico, não consegui e, mesmo que o conseguisse, o que poderia fazer? Deter o carro com as mãos como o Super-Homem faria?

A moça já se encontrava com os olhos marejados de lágrimas de tanto rir.

– E ainda apanhei o meu carro na tentativa de alcançá-la.

– E a placa do automóvel? Pelo menos a placa do carro você anotou?

– Anotei. Pelo menos isso, não? – respondeu

Marcelo, mostrando-lhe o papel, com as letras e os números da placa.

— E o que pretende fazer? Irá procurá-la?

— Não sei, Nice. O que você acha?

A moça pensou por alguns instantes e respondeu:

— Sabe, Marcelo, eu estou achando que você deve ter ficado bastante impressionado com essa moça e que, talvez, até a procure, mas fico a pensar se não estaria correndo um risco à toa.

— Um risco? Por quê?

— Digo isso por intuição. Você falou que ela estava com muito medo "deles", não foi?

— Sim.

— E o que você sabe sobre ela, além disso?

— Não sei nada. Só que se encontrava em apuros.

— Digamos que essa moça tenha cometido algo de muito grave e...

— Entendo, Nice. Talvez eu esteja me intrometendo onde não devo.

— Pois é isso. Penso que se pretende investigar alguma coisa, deva ir com muito cuidado, talvez até relatar o que ocorreu à polícia.

— É... Talvez você tenha razão.

— E...?

— Não sei... Vou pensar ou, simplesmente, esquecer.

— O que eu penso que seria o melhor.

— Bem, Nice, agora vamos falar um pouco sobre você. Já trabalhamos há um bom tempo juntos e pouco sei a seu respeito.

E os dois continuaram conversando até que, por volta de uma hora da manhã, resolveram despedir-se.

6
O CAFÉ DA MANHÃ DE MARCELO

Naquela noite, Marcelo não dormiu direito, acordando por várias vezes com o pensamento na jovem desconhecida.

"Pobre moça! – pensava, acendendo a luz e apanhando o papel em que anotara as letras e o número da placa do carro. – O que estaria acontecendo com ela? Quem a estaria perseguindo, causando-lhe tanto temor? Seria seu marido? Não se lembrava de ter visto alguma aliança em seu dedo, quando percebera a rica pulseira em seu pulso. E quando lhe afirmara que havia muita gente boa neste mundo, ela, prontamente, dissera 'não eles'. Mas quem seriam eles?".

Apagou novamente a luz e tentou dormir, mas a imagem dela insistia em não lhe sair da mente.

"O que devo fazer? Se pelo menos eu conseguisse dormir, talvez amanhã eu acordasse sem essa fixação que tomou conta de meus pensamentos. Tenho certeza de que se esse encontro não tivesse acontecido, neste momento estaria pensando em Nice, mas... Mais uma vez, a vida me pregando peças. Vou tentar dormir".

E Marcelo até cochilou por um bom tempo, acordando às sete horas da manhã. Sua mãe já estava acordada e coava um café.

– Bom dia, filho. E, então, como foi o jantar?

– Foi muito bom, mamãe.

– Encontrou-se com Nice?

– Sim, até nos sentamos juntos e depois do jantar ficamos conversando por algum tempo.

– Nice é uma boa moça, não?

– Sim, mamãe, mas onde foi mesmo que a senhora a conheceu?

– Eu já lhe falei sobre isso, Marcelo.

– Eu me esqueci, mãe.

– Foi na cabeleireira. Eu estava fazendo as unhas e ela se sentou ao meu lado, pronta para ser atendida e começamos a conversar, até que fiquei sabendo que trabalhava com você na construtora e, ela, que eu era sua mãe.

– Daí...?

– Daí que, como sempre, elogiei muito você e ela concordava visivelmente com tudo o que eu falava.

– E a senhora... Como já a conheço há tempos...

– Já sei do que vai falar – disse a mãe, rindo.

– Sabe mesmo?

– Sei. Vai dizer que eu não perdi o costume de tentar arranjar uma namorada e futura esposa para você.

— Pois é isso mesmo, mamãe. A senhora deve ter rasgado os elogios, não?

— Sim, mas foi ela quem mais fez isso.

— Mamãe, a senhora precisa parar com essas tentativas.

— E por quê? Você é meu filho.

— Tudo bem. O que acontece é que a senhora me elogia tanto que o dia em que eu realmente começar a namorar, serei obrigado a ser tudo isso que a senhora diz, além do que, não terei oportunidade de mostrar o pouco de bom que possuo, pois minha namorada já estará sabendo.

— Não concordo com essa sua posição, afinal sei que possui muitas virtudes para desfilar nos seus atos e gestos.

— Mamãe, mamãe...

Vera ficou a mirar o filho com um olhar perquiridor até que sentenciou:

— Marcelo, você não dormiu bem.

— Por que, mamãe? Está notando alguma coisa?

— Estou e se há uma coisa que sei diagnosticar é quando alguém dormiu mal.

— A senhora tem razão, mamãe, não consegui dormir direito.

— Com certeza, pensando em Nice.

— Bem que eu gostaria.

— Estava pensando em que, então?

— Em algo que aconteceu comigo antes do jantar e que me impressionou muito.

— E o que foi?

E Marcelo contou para a mãe o que havia ocorrido com aquela misteriosa jovem.

— Bem, filho, isso só vem a mostrar que você tem um bom coração e que se preocupa com as pessoas, não é?

— Eu me preocupo, sim, com os outros, principalmente se nada posso fazer para ajudar. Isso eu aprendi com o exemplo do papai, mas esse acontecimento mexeu muito comigo.

— A moça era bonita?

— Era linda, mãe.

E pretende fazer alguma coisa, digo, com a placa do carro?

— Não sei. Nice me alertou que poderia até ser perigoso, afinal de contas, não sei nada a respeito do temor que essa jovem estava vivendo. Parecia que estavam atrás dela, como eu lhe disse.

— Nice tem razão nesse ponto, e temo por você, filho. Se quer a minha opinião, deveria esquecer essa história.

— Não sei se vou conseguir esquecer, mãe. A todo instante a imagem dela me vem à mente, tão frágil e insegura.

— Amor à primeira vista, Marcelo?

— Creio que não, mas sinto que ela está sozinha no mundo, apesar do carro importado que dirigia.

— Bem, se você pretende descobrir alguma coisa sobre ela, vá com calma e com muito cuidado, até porque você me disse que ela não desejava a sua ajuda.

— É... A senhora tem razão.

7
O CAFÉ DA MANHÃ DE FLÁVIA

PERTO DE DEZ HORAS DA MANHÃ, O SENHOR Nogueira e dona Dulcides faziam o desjejum, quando Flávia entrou na sala de jantar.

– Bom dia, papai. Bom dia, mamãe.

– Bom dia – responderam os dois, olhando fixamente para a filha, tentando adivinhar o que estaria se passando pela mente da jovem de trinta anos de idade que se aproximou, beijando-os.

– Tudo bem, Flávia? – perguntou a mãe.

– Agora sim, mamãe.

– Não quis continuar com as amigas? – perguntou o pai.

– Não. Vocês sabem que durante o dia, passeio sem problemas, mas quando a noite chega...

– Ainda sente medo, não é?

– Muito, papai. Sinto pavor de qualquer sombra, de qualquer ruído.

– Mas isso vai passar, filha – disse a mãe –, afinal de contas só se passaram seis meses.

– Conversei ontem com o seu psiquiatra, filha, o doutor Meirelles, e ele me disse que, assim que os medicamentos a tranquilizarem mais, você deverá passar por um tratamento psicológico.

– Já descobri uma psicóloga especializada nesses traumas, filha. Ela se chama Silvia e a filha da Ester obteve ótimos resultados com ela. Você a conhece, não?

– Sim, mamãe, a filha de dona Ester, a Beth. Soube que ela sofria de Transtorno Obsessivo Compulsivo.

— Ela mesma. O maior problema dela era com a exagerada limpeza das mãos e a quantidade de vezes que verificava se uma porta se encontrava fechada, ou se uma gaveta não estaria aberta em outro cômodo, além de ter de contar até, se não me engano, até vinte e oito, antes de entrar ou sair de algum recinto.

— Devia ser horrível.

— O que você sente também o é, não, filha?

— É incontrolável, papai. E o pior é que as pessoas notam e ficam me olhando ou querendo me ajudar. E eu não consigo confiar em ninguém nesse momento. Tenho a sensação de que vou ser atacada por dois ou três homens ou mais, mesmo que a pessoa que esteja querendo me auxiliar esteja comprovadamente sozinha. Penso que outras irão sair das sombras.

— À noite, você precisa andar por lugares bem iluminados, filha – comentou o pai.

— Por que não deixa que o motorista a leve?

— Você sabe, mamãe, eu consigo andar de

automóvel com o nosso motorista José, durante o dia, mas à noite...

— Nós entendemos, filha.

— Além do mais — complementou a moça —, o Dr. Meirelles me aconselhou a tentar, gradativamente, sair durante a tarde e retornar à noite até eu me libertar desse medo e, de preferência, sozinha. No começo, quando eu saía com a Shirley até que eu me controlava mais, apesar de que na hora de apanharmos o carro eu parecia uma doida, apressando-a.

— Você vai sair dessa, filha.

— Tomara. Ontem mesmo...

E Flávia parou repentinamente de falar.

— Você estava dizendo que ontem... Fale, filha, será bom para você conversar conosco a esse respeito — disse dona Dulcides, atenta às palavras da filha

— Ontem, como a senhora sabe, saí com minhas amigas, deixamos os carros num estacionamento de uma loja de departamentos e fomos a pé até uma lanchonete, próxima dali. Logo começou a escurecer, mas eu estava calma, pois como a Shirley foi comigo, imaginei que ela iria voltar também.

Aconteceu que elas resolveram ir buscar os veículos para ir a uma festa e a Shirley ficou comigo. Eu não sabia que ela havia combinado ir com uma delas. E quando dei por mim, a Rosângela estacionou defronte da lanchonete e Shirley foi com ela. Já era noite e eu tinha de ir sozinha, a pé, até essa loja para apanhar o carro.

– E daí? – perguntou a mãe, assustada.

– Fiquei bastante agitada e temerosa; com tanto medo que penso que as pessoas até estavam notando. Nesse momento, fui abordada por uma pessoa e a deixei falando sozinha, tamanho o pavor que sentia naquele momento, e voltei depressa, refugiando-me no interior da loja.

– O que essa pessoa queria com você? – perguntou seu Nogueira.

— Nem me recordo, papai. Estava tão amedrontada que só me lembro que lhe pedi para que se afastasse de mim.

— E depois?

— Andei um pouco pelas lojas e até me sentia segura, pois havia muita gente, principalmente jovens, mas sempre procurava ficar próximo de casais que estivessem com os filhos.

— Com certeza você os via como pessoas que não ofereciam perigo.

— Isso mesmo, mamãe.

— E como fez para sair de lá?

Flávia ficou pensativa por alguns segundos e começou a rir.

— Do que está rindo? – perguntou o pai.

— Do que aconteceu. Como sempre, quando é dia, sinto-me mais segura e até acabo achando graça desses meus temores, desse meu trauma.

— Isso já é um bom sinal. Antes de você iniciar o tratamento, não saía de casa nem durante o dia.

— É verdade. A noite é que me traz insegurança.

— E isso é bastante compreensível – disse a mãe –, afinal de contas tudo aconteceu durante a noite.

— Mas já faz seis meses que tudo aconteceu, papai.

— Você vai se curar, filha. Tenho certeza.

— Mas o que foi que houve quando saiu da loja?

— Ah, sim. Eu saí de lá bem depressa, quase correndo mesmo. Parecia ouvir passos apressados atrás de mim.

— O medo faz isso, filha.

— Acontece que os passos eram verdadeiros.

— Havia alguém atrás de você?

— Sim, um rapaz.

— E...

— Quando abri a porta do carro, ele tocou

em meu ombro. Mãe, quase perdi os sentidos de tanto medo.

— Essa rapaziada é muito ousada, mesmo! — comentou dona Dulcides, revoltada.

— E o que ele queria, filha?

— Dizia que queria apenas me ajudar, pois havia percebido que eu não me encontrava em condições de dirigir.

— Com certeza, esse moço percebeu que você não estava bem... — disse o pai.

— O senhor deve ter razão. Agora até penso assim, mas naquele momento...

— E como se livrou dele? — perguntou a senhora.

— Olha, mãe, eu só me lembro de que lhe perguntei se estava armado.

— Ele estava?

— Disse-me que não e que apenas queria me ajudar. E insistia.

— Estou ficando nervosa, Flávia! Conte logo como se livrou dele.

A moça tornou a rir.

— De que está rindo?

— Nunca imaginei que fosse capaz de fazer o que fiz.

— E o que foi que você fez, filha?

— Eu disse a ele que entrasse no carro para podermos ir a algum lugar a fim de conversarmos melhor.

— Meu Deus! E ele entrou?

— Não, mamãe. Enquanto ele deu a volta por detrás, dirigindo-se à outra porta, eu travei todas, dei a partida e saí dali.

— E ele?

— A senhora acredita que ainda correu a pé atrás do carro?

— Correu?

— Correu, mas consegui escapar.

— Que perigo! – disse a mãe.

Seu Nogueira sorriu e ponderou:

— Eu imagino que esse rapaz estava querendo, realmente, fazer alguma coisa por você, filha.

— Pode ser, pai.

— E você se lembra do seu rosto?

— Sim, eu me lembro. Até parece que fotografei mentalmente a sua fisionomia. Era um rapaz, muito bonito por sinal, e parecia bem vestido.

— E da pessoa que a abordou antes? Você se lembra?

— Não. Só percebi que era também um moço, mas nem vi o seu rosto, pois tinha medo até de olhar.

— E o Tomás? Nunca mais o viu?

— Nunca mais, papai, e nem quero vê-lo. Tomás não teve a coragem de continuar comigo e me ajudar. Talvez, se tivesse continuado ao meu lado, eu já tivesse me recuperado, mas acovardou-se.

— Bem, filha, pelo menos você ficou conhecendo a verdadeira índole desse seu namorado — comentou dona Dulcides.

— Tenha paciência, filha, que tudo vai dar certo.

— Eu tenho muita fé, papai.

8
LUPÉRCIO E MEIRE

Nessa mesma manhã...

– Bom dia, Marcelo, há quanto tempo! Como vai, meu amigo?

– Tudo bem, Lupércio, e você?

– Vou indo bem, mas vamos entrar. Meire vai ficar contente em vê-lo, afinal, já faz muito tempo que não o vemos. Por favor, entre – convidou o amigo, que havia terminado de apanhar o jornal da caixa do correio, quando Marcelo chegou.

Abriu a porta da casa e chamou pela esposa.

— Querida, você não adivinha quem está aqui.

— Mamãe? — perguntou Meire da cozinha.

— Não. Dou-lhe mais duas chances.

— Hum... — resmungou — Faz tempo que não vem nos visitar?

— Um tempão.

— Um tempão? Marcelo?

— Meu Deus, você acertou em cheio!

Meire irrompeu na sala de estar, enxugando as mãos no avental.

— Marcelo, como vai você? Deixe-me enxugar bem as mãos. Estava lavando umas louças. Hoje é sábado e eu brinco de doméstica para não perder o jeito. Eu quero um abraço.

O rapaz não conseguiu esconder a alegria que sentiu com aquela receptividade do casal. Depois que Adriana rompera com ele, não tivera mais contato com os amigos. Na verdade, isolara-se do mundo, apenas trabalhando, e hoje estava descobrindo o quanto errara em tomar essa atitude. Nunca imaginara que era tão querido assim.

— Que alegria vê-lo novamente. Você se afastou...

— Desculpem-me por isso, mas é que depois que eu e Adriana nos separamos, quer dizer... que ela rompeu o nosso namoro, fiquei um tempo meio fora do ar... sem ar, eu diria.

— Mas agora deve estar muito bem, pelo menos é o que estou sentindo.

— Estou, sim. Já consegui me libertar das lembranças. Eu a amava muito, vocês sabem. Mas hoje sinto-me melhor e não tenho nenhuma mágoa, aliás, nunca tive. E, sinceramente, desejo que ela seja muito feliz. Podem acreditar.

— Tenho plena convicção do que está nos dizendo, Marcelo, até porque não conseguiria imaginá-lo desejando o mal a quem quer que fosse.

— E já está namorando de novo, meu amigo? — perguntou Lupércio.

– Não... Ainda não.

– Gostei do "ainda" não – disse Meire – Mas deve ter alguém em vista... Imagino que deva ser muito assediado.

– Nem tanto, Meire – respondeu o rapaz, rindo.

– E hoje resolveu nos fazer uma visita?

– Vamos dizer que ainda pretendo lhes fazer uma visita, principalmente depois desta calorosa recepção. Estou sendo sincero, Lupércio, porque, verdadeiramente, eu vim até aqui para lhe pedir um favor, se possível.

– Hoje veio em busca de um favor, mas vai nos prometer que realmente virá para nos visitar, quando terei um imenso prazer em lhe preparar um almoço – falou a moça.

– Virei, sim, Meire.

– Quanto ao favor, meu amigo, se estiver dentro de minhas possibilidades, irei atendê-lo com muito gosto. É só ordenar, mas sente-se, por favor.

– Bem, vou deixá-los a sós para poderem conversar.

– Não será necessário, Meire. O que tenho a pedir ao Lupércio não se trata de nenhum segredo. Apenas o procurei para ver se ele, como advogado, poderia conseguir uma informação para mim.

– Sente-se aqui, querida – pediu o marido – E pode pedir, Marcelo.

– Bem... Eu tenho o número da placa de um carro e gostaria de saber quem é o seu proprietário.

– Não será difícil, Marcelo, mas o que aconteceu? Algum veículo chocou-se com o seu e o motorista desapareceu?

– Não, não. Eu vou lhe contar o por quê.

E Marcelo contou em detalhes o caso da moça que tentou ajudar.

Lupércio pensou um pouco e lhe perguntou:

– E o que pretende fazer, meu amigo? Qual o seu interesse nisso? Afinal de contas, se ela não quis ajuda...

— Nem sei lhe explicar direito. Só lhe posso dizer que fiquei muito interessado em fazer alguma coisa por essa pessoa.

— Você disse que ficou encantado com a beleza dessa desconhecida — comentou Meire — Por acaso, teria sido amor à primeira vista?

— Não, não. Realmente ela é muito bonita, mas o que aconteceu foi que fiquei muito sensibilizado com ela e cresceu dentro de mim o desejo de, realmente, ajudar de alguma forma.

— Mas se ela não quer que a ajude e até sentiu medo de você... Penso que isso seja um caso mais para a polícia resolver. Parece-me que o medo dela tem algum motivo. Ela não lhe falou sobre "eles"?

— É... Nice também me alertou sobre isso.

— Nice?

— É uma funcionária do escritório onde trabalho. Tivemos um jantar ontem após esse episódio com a moça, e eu lhe contei sobre o ocorrido.

— Também há que se considerar a hipótese

de que talvez ela possa estar envolvida em algo ilegal e que esteja em apuros. Penso que você deveria ir com muito cuidado, se quiser continuar com essa pretensão de procurá-la.

— Minha amiga também me apontou essa possibilidade.

— Bem, Marcelo, de qualquer maneira vou tentar localizar o proprietário do carro que possui essa placa.

— Quanto tempo você levaria?

— Digamos que alguns... Deixe-me pensar...

— Alguns dias? Olha, Lupércio, eu não quero lhe trazer problemas e desejo lhe pagar por esse trabalho, está bem?

O amigo sorriu e completou a frase:

— ... minutos.

— Minutos? Como assim?

— Você não me deixou terminar a frase. Eu ia dizer alguns minutos.

— É tão rápido assim?

— Penso que sim. Vou ligar para um amigo e imagino que ele resolverá em instantes.

— Agora?

— Agora mesmo.

E dizendo isso, Lupércio pediu licença para Marcelo e foi até seu escritório particular, ao lado da sala de estar. Enquanto isso, o rapaz continuou a conversar com Meire.

— Quem sabe Lupércio descobre o proprietário e o ajuda a encontrar essa tal moça, hoje mesmo, hein, Marcelo?

— Não quero dar trabalho a ele em pleno sábado, Meire. Na verdade, nem mesmo sei o que irei fazer. Sabe que não consegui dormir direito esta noite?

— Pensando nela?

— Isso mesmo. Fiquei muito impressionado e gostaria muito de fazer alguma coisa para ajudá-la.

Meire começou a rir.

– De que está rindo? – perguntou o jovem, já adivinhando o que a amiga iria lhe dizer.

– Estou rindo porque penso que você se apaixonou por ela. Disse que nunca havia visto um rosto tão bonito e tão delicado e, por isso, torno a lhe perguntar: amor à primeira vista, Marcelo?

– Não, não, Meire. Nem a conheço.

– O amor, muitas vezes, surge dessa maneira. Quando vi Lupércio pela primeira vez, eu disse a mim mesma: "Esse é o homem da minha vida". E ele diz que pensou a mesma coisa... não sei.

– Com certeza deve ter pensado também. Pelo que me contaram, vocês começaram a se relacionar quase que incontinenti a esse primeiro encontro.

– E foi mesmo e é por isso que acredito em amor à primeira vista.

Alguns minutos se passaram e Lupércio retornou à sala.

— E, então, querido? Conseguiu?

— Consegui, sim. Esse carro pertence a uma pessoa de nome Ambrosino Swartz.

— E você tem o endereço?

— Tenho. O que acha que devemos fazer agora? – perguntou Lupércio a Marcelo.

— O que devemos fazer? Não quero envolvê-lo nisso, meu amigo.

— Já me considero envolvido, a não ser que não o permita.

— Podemos fazer o seguinte – sugeriu Meire –: Marcelo almoça conosco e depois vocês vão procurar esse tal homem, dono do carro.

— E quando o encontrarmos? – perguntou Marcelo.

— Quando o encontrarmos, você decidirá o que fazer. O que me diz?

— Bem... Você pode perguntar pela moça, contar o que aconteceu e falar sobre a sua preocupação com ela – sugeriu Meire.

— E se eu a estiver prejudicando relatando isso para alguém que não deveria?

— Faça o seguinte — continuou a moça, com uma nova ideia -: Eu lhe dou uma bijuteria minha e você diz que a encontrou perto do carro dela, assim que ela saiu do estacionamento e que você apenas gostaria de lhe devolver.

— Você é bastante criativa, Meire, mas e se ela se lembrar de que foi abordada por ele?

— Daí tudo virá à tona e Marcelo poderá dizer toda a verdade. Com certeza, nem ela ou qualquer outra pessoa poderá achar ruim com ele.

— É... Tem sentido porque se ela tocar no assunto, é sinal de que não deveria haver segredo sobre qualquer coisa, não é Marcelo?

— Vamos fazer assim, então. Quanto ao almoço...

— Nenhum de nós dois aceitaria uma recusa de sua parte. A partir de agora, você está nos visitando. Ligue para sua casa e avise dona Vera que irá almoçar conosco.

— E eu terei um grande prazer em viver essa investigação com você, meu amigo — completou Lupércio.

— Você terá? — perguntou a esposa — Nós teremos. Não perco essa aventura por nada deste mundo.

9
NICE E O CONVITE

Na casa de Nice...

— Bom dia, mamãe. Papai já foi para o clube?

— Já, sim, filha — respondeu dona Mércia, sua mãe. — E você? Divertiu-se no jantar?

— Muito, mamãe. Eu e Marcelo sentamo-nos um defronte do outro.

— Verdade?

— Quer dizer, isso aconteceu porque, a senhora sabe como é, as minhas amigas deram um jeito para que isso acontecesse.

– E conversaram bastante?

– Oh, sim. Não somente durante o jantar como depois, quando Marcelo e eu nos sentamos em um banco do lado de fora da área do restaurante e ficamos conversando.

– E sobre o que falaram?

– Ele me contou um caso estranho que ocorreu com ele antes de chegar ao restaurante. Ele quis ajudar uma moça que estava em dificuldade, mas ela não aceitou e desapareceu. Até chegou a ir procurá-la, mas quando a encontrou, ela conseguiu fugir dele, dirigindo um belo carro importado.

– E só falaram sobre isso?

– Não, não. Ele quis saber um pouco mais sobre mim e eu lhe contei sobre a minha vida desde a infância no interior do Estado e ele foi muito gentil, ouvindo-me com interesse e atenção.

– E o que achou de tudo isso? Acha que ele estaria interessado em você? Só estou perguntando porque sei que gosta dele e também que ele é um bom rapaz.

– Não sei se ele se encontra interessado em mim, mãe. Apenas que foi, como já disse, muito atencioso e pareceu gostar de me ouvir.

– Isso é um bom sinal, filha.

– Pode ser, mas eu, para falar a verdade, fiquei um pouco desanimada.

– E por quê?

– Penso que ele, apesar de atencioso, estava com o pensamento fixo naquela estranha que ele encontrou.

– Você não deveria se preocupar muito com essa jovem, filha. A gente nem sabe a causa do medo que ela sentia quando se referira a "eles", como você mesma disse. Além do mais, pelo que Marcelo relatou a você, ela deve ser muito rica, não? E Marcelo, pelo que sei, é um moço de hábitos simples.

– A senhora tem razão.

– O que eu penso que seria bom para ele é que alguém o alertasse, como você o fez, tendo em vista que essa moça poderia, e que Deus me perdoe se estou dizendo alguma calúnia, estar envolvida com drogas. E não poderia ser, filha? A gente vê tanta notícia...

— Também cheguei a pensar nisso, mamãe, mas não falei isso para o Marcelo. Apenas lhe disse que ela poderia estar envolvida com algo grave e que talvez fosse o caso de ele relatar isso para a polícia. Acho que fiz bem, não?

— Fez bem sim, filha. E ele?

— Ele disse que iria pensar a respeito e depois mudamos de assunto.

— Você gosta dele, não?

— Gosto, mas, ao mesmo tempo, não sei se estou perdendo o meu tempo porque ele ainda anda meio alheio, sabe?

— Como assim?

— Não sei se ainda sofre por Adriana e não tenha intenção alguma em iniciar um novo envolvimento. Sabe, mãe, estou pensando até em procurar esquecê-lo.

– Verdade, filha?

– Já faz mais de um ano que fico na esperança e nada acontece. Por outro lado, tem o Getúlio que já declarou seu amor por mim e fiquei de pensar.

– Eu o conheço?

– Conhece, sim. É aquele engenheiro que me trouxe para casa naquela noite em que precisamos fazer um pouco de hora extra e que a senhora o convidou para entrar e tomar um café.

– Oh, sim, agora me lembro. Pareceu-me um bom moço. Você é quem sabe, filha. Gosta um pouco dele?

– Gosto muito como amigo, mas penso que se o namorasse, não seria difícil o amor envolver o meu coração. Ele é muito bom, atencioso e sério. Gosto de pessoas assim.

– Nisso eu não vou me envolver, minha menina – falou dona Mércia, abraçando a filha. – Cada um sabe o que lhe move o coração.

Nesse instante, o telefone tocou e a mulher atendeu.

– Alô... Quem...? Getúlio...? Sim... É a mãe dela... Sim... Lembro-me de você, sim...Um momento, por favor. Ela já vai atendê-lo.

E tapando o fone com uma das mãos, sussurrou para a filha:

– Nice, é Getúlio. Quer falar com você.

A moça fez cara de quem estava surpresa com a coincidência, pois estavam falando justamente dele.

– Alô? É Nice. Oi, Getúlio. Tudo bem? Acordou cedo?

– *Tudo bem, Nice?* – a voz respondeu do outro lado da linha – *Imaginei que já estivesse acordada. Gostou do jantar?*

– Adorei, Getúlio, estava muito bom e divertido.

– *Nice, desculpe-me a inconveniência, mas é que queria lhe perguntar uma coisa.*

– Pois pode perguntar, Getúlio. Se eu puder lhe ajudar.

– Bem... É que, e mais uma vez perdoe-me a indiscrição, mas é que...

– Pode perguntar, Getúlio. O que você quiser. Nada será indiscreto ou inconveniente partindo de você. Seja o que for.

– Obrigado, Nice. Bem, o que eu gostaria de saber é se, por acaso, você estaria... quer dizer... se ontem começou... Bem... Você e o Marcelo estão namorando? Pronto... perguntei.

A moça tapou também o fone e arregalou os olhos para a mãe, completamente atônita, ao mesmo tempo em que dona Mércia, fez-lhe um sinal de que não estava entendendo o que ela queria dizer com aquela sua expressão.

– Nice, você está me ouvindo?

– Estou, sim, Getúlio. É que você me apanhou desprevenida com essa pergunta. Mas não, não estamos namorando. Só ficamos conversando um pouco ontem, mas nada sério.

– *É que... desculpe-me mais uma vez, mas...*

– Você não precisa ficar se desculpando tanto. Fale o que quiser comigo, sem receio algum.

– *Bem, lá vai, então: Eu gostaria de convidá-la para jantar hoje à noite comigo. Conheço um bom restaurante. Posso apanhá-la aí e levá-la de volta. Pronto... perguntei.*

Nice precisou esforçar-se para conter o riso, pois Getúlio já havia dito "Pronto, perguntei" e agora, "Pronto, falei". Respirou fundo e respondeu.

– Está me convidando para jantar?

– *Estou. Você aceita?*

Nice permaneceu mais uma vez em silêncio, pensando se deveria aceitar o convite ou não.

– *Nice, você está me ouvindo?*

– Oh, desculpe-me. Estava pensando...

– *Se você tiver algum compromisso, podemos deixar para um outro dia* – sugeriu o rapaz.

A moça já estava para aceitar quando um

pensamento a fez mudar de ideia. "E se, porventura, Marcelo me telefonar?" – pensou.

– E, então?

– Desculpe-me, novamente, Getúlio, é que acabei de me lembrar de um compromisso e, realmente, hoje não vai ser possível. De qualquer forma, agradeço-lhe imensamente pelo convite.

– Quem sabe, um outro dia, então... Bem... Segunda-feira nos falamos.

– Combinado, Getúlio, obrigada.

– *Tchau.*

– Tchau.

E a moça desligou o telefone.

– Ele a convidou para sair, filha?

– Primeiro, todo atrapalhado, gaguejando, perguntou-me se eu e Marcelo estávamos namorando, sempre pedindo desculpas. Depois, num arroubo de coragem, fez o convite.

– E pelo que ouvi, você não aceitou?

– Não, mamãe. Mas que coincidência... Estávamos falando dele.

– E o que vai fazer? Hoje é sábado.

– Sabe, mãe, estou pensando em ir, hoje à tarde, até aquele Centro Espírita que Eliana frequenta. Ela já me convidou muitas vezes para ver o trabalho de entrega de alimentos e roupas para os necessitados. Até livros infantis e alguns brinquedos, quando os têm, dão para as crianças.

– Eliana é uma ótima moça, não, Nice? Sempre empenhada nesses movimentos filantrópicos. E se ela a convidou tantas vezes, penso que não custa atendê-la.

– E nós poderíamos fazer alguma doação, não, mamãe?

– Pois vamos providenciar isso, agora mesmo.

10
O PROPRIETÁRIO DO VEÍCULO

Na casa de Lupércio, o almoço terminou por volta das quatorze horas e, enquanto Meire ajeitava a cozinha, ele e Marcelo consultaram o mapa da cidade para localizar o endereço de Ambrosino Swartz, proprietário do carro que a misteriosa moça dirigia na noite anterior.

– Vamos lá? – perguntou Meire – Estou pronta.

– Vamos – respondeu Lupércio.

– Vamos com o meu – completou Marcelo – Eu sei como chegar a esse local. É bem longe daqui, mas hoje, sábado, não deverá estar tão movimentado como num dia da semana.

E os três partiram em busca do desconhecido, ou melhor, da desconhecida e estranha moça do carro importado.

Percorreram vários bairros da cidade grande, enquanto conversavam, tentando traçar um plano de como iniciar o assunto. Marcelo estava de posse da bijuteria de Meire, como haviam combinado.

– Bem, vou chegar lá e perguntar sobre o veículo com esta placa – começou a memorizar Marcelo –, depois, digo que estou à procura da moça que o dirigia ontem à noite, e que penso que, talvez, esta pulseira pertença a ela, pois a encontrei próximo ao seu veículo. Certo?

– É por aí que a conversa deve iniciar – concordou Meire.

– Mas e se for ela quem me atender? Certamente irá me reconhecer e se lembrará de que eu parecia um louco querendo ajudá-la.

– Espere um pouco – interrompeu Lupércio – Você não entendeu bem a estratégia, Marcelo.

– Não?

– Não... Irá usar a estratégia da pulseira para pedir para falar com ela, se for alguma outra pessoa que o atender. Agora, quando ela o atender e o reconhecer, poderá ocorrer duas situações.

– Duas situações?

– Isso mesmo. Veja bem: se ela somente estiver com um problema que não é segredo nenhum para a família dela, irá simplesmente perguntar o que você quer tanto com ela e porque está usando a pulseira como desculpa para lhe falar.

– Meu Deus!

– Não se preocupe. Se isso ocorrer, você irá lhe dizer, se ela permitir que fale, que usou realmente essa bijuteria como desculpa para falar com ela e o que deseja, realmente, é saber se ela está bem. Daí por diante, a conversa terá o rumo que tomar. Talvez ela seja grossa com você ou ficará agradecida e até se tranquilizará em saber que você é uma pessoa boa e que não representava perigo algum na noite passada.

— E a outra situação? — perguntou Marcelo, já começando a ficar preocupado com tudo aquilo.

— A outra situação é a de que ela não queira que sua família saiba que ela esteja com medo de alguém e dê um jeito de despistar, talvez dizendo que não o conhece, que a pulseira não é dela, que você deve tê-la confundido com outra pessoa ou, então, venha a dar um jeito de conversar a sós com você. Não é assim, Meire?

— Também imagino dessa maneira.

Marcelo coçou a cabeça e começou a não ver mais com bons olhos toda aquela situação, mas a vontade de fazer alguma coisa por aquela jovem era maior do que a sua preocupação, e acelerou mais o carro.

— Penso que já estamos chegando.

Dizendo isso, estacionou o carro ao meio-fio e pediu o mapa para Lupércio.

— Deixe-me dar uma outra olhada no mapa. Esta rua... isso... o endereço que procuramos é naquela outra, a duas quadras daqui. Precisamos apenas verificar se a numeração é crescente para a esquerda ou para a direita.

— Está pronto, Marcelo?

— Estou. Para o que der e vier.

— Então, vamos.

E Marcelo dirigiu até a esquina, verificando que os números aumentavam para a direita, mão de direção para os veículos. Dobrou naquele sentido e dirigiu bem devagar, procurando localizar a casa pelo número.

— É aquela ali, Lupércio. Vou estacionar aqui e irei a pé até lá.

— Nós o esperaremos no carro?

— Sim. Penso que é melhor eu ir sozinho.

A casa era grande, cercada de muretas e

grades, dando para ver o movimento de pessoas por detrás de arbustos altos.

– Parece que está havendo uma festa por lá, acho que um churrasco. Vejam: há crianças correndo e parece que há uma piscina, pois estão de calções de banho e molhadas – comentou Meire.

– Ainda bem – disse Marcelo – Eu estava temeroso de encontrar uma casa que fosse como uma fortaleza. Vou até lá.

E o rapaz dirigiu-se até a casa, olhando pelas grades para tentar ver alguém, até que, chegando ao portão principal, um homem veio até ele.

– Pois não, o senhor está à procura de alguém?

– Boa tarde. Eu estou à procura do senhor Ambrosino Swartz.

– Como é o seu nome?

– Eu sou Marcelo e gostaria de lhe falar a respeito de um veículo de sua propriedade.

– Um momento, por favor. Vou ver se ele se encontra – disse.

"Deve ser um empregado da casa. E que casa!"

Passaram-se alguns minutos e um homem, aparentando seus cinquenta e poucos anos, apareceu, trajando *short* e camiseta.

– O senhor procura por mim? Meu funcionário disse que quer me falar a respeito de um de meus veículos.

– Isso mesmo. Meu nome é Marcelo e sou engenheiro civil.

– Muito prazer, Marcelo, não quer entrar? Estamos comemorando o aniversário de meu filho mais novo e poderá se juntar a nós – convidou, gentilmente.

– Eu lhe agradeço muito, senhor, mas apenas estou à procura de uma moça que estava dirigindo um carro de sua propriedade.

– Um carro meu?

– Sim e imagino que ela deva ter perdido uma pulseira que eu encontrei quando partiu com esse veículo, ontem à noite, no estacionamento de uma loja de departamentos, no centro da cidade, mas não deu tempo de lhe entregar. Então, anotei a placa e consegui localizá-lo, através de um amigo.

– E qual era a placa?

– Esta aqui – respondeu Marcelo, mostrando-lhe o papel no qual anotara as letras e os números da placa.

– Hum... – pensou o homem – Infelizmente esse carro não mais me pertence. Não sei se o senhor sabe, mas trabalho com revenda de veículos importados e, realmente, esse era de meu uso pessoal até que resolvi vendê-lo.

– E o senhor poderia me informar quem o comprou?

Ambrosino meneou a cabeça negativamente.

– Sinto muito, mas eu deixei esse carro na minha loja para que fosse vendido e penso que ele ainda não foi comprado.

– Não?

— Creio que não porque, se tivesse sido, ele não mais estaria em meu nome.

— E o senhor não sabe quem o estaria dirigindo?

— Bem... Eu preciso verificar. Os veículos que se encontram à venda não podem ser usados por alguém do estacionamento, principalmente a passeio que é o que me parece. O que pode ter ocorrido é um cliente, bastante conhecido pelo gerente, ter fechado o negócio ontem e não ter dado tempo de transferi-lo para o seu nome. Quando isso ocorre, é feito um contrato de compra e venda estabelecendo a responsabilidade de eventual dano ao comprador.

— Compreendo.

— Mas, de qualquer maneira, vou ver o que posso fazer pelo senhor. Por favor, queira entrar. Vou dar um telefonema para verificar isso.

— Se não for lhe dar muito trabalho.

— Não, apenas preciso localizar o gerente de vendas e ver se ele sabe alguma coisa. Pode ser que haja necessidade de localizar o registro da venda, mas somente na segunda-feira, na empresa. Mas, como lhe disse, somente fazemos esse tipo de transação quando conhecemos o cliente e confiamos nele. Eu vou pedir para abrirem o portão para o senhor.

– Não se preocupe, seu Ambrosino, estou com um amigo e pedirei a ele para que estacione nosso carro aqui, próximo ao portão. Nós o aguardaremos aqui.

– Tudo bem. Dentro de poucos minutos lhe darei uma resposta.

Marcelo, então deu um sinal para que Lupércio trouxesse o carro até ali.

Após estacionar, o amigo e Meire saíram do carro e os três se abrigaram do sol debaixo dos galhos de algumas árvores, que se encontravam do lado de fora das grades da casa.

Marcelo, então, lhes contou o que conversara com o homem.

— Tomara que ele consiga, pelo menos, o nome desse comprador – disse Meire.

— Pois eu espero que ele não esteja mentindo – afirmou Marcelo.

— Mentindo? E por que ele deveria mentir?

— Não sei, Lupércio. Algo me preocupa muito. Aquela moça estava realmente apavorada e tenho receio de que o proprietário seja esse tal de Ambrosino mesmo e que algum mal possa ocorrer com ela, por minha causa. Isso não está me cheirando bem agora.

— É... Você pode ter razão, mas só nos resta esperar.

— Desculpem-me tê-los envolvido nisto e penso até que o melhor talvez fosse irmos embora e esquecer este assunto – sugeriu Marcelo, com a intenção de levá-los de volta e retornar depois.

— Que nada, Marcelo! – replicou Meire – Basta que você fale o que realmente o está preocupando e tudo vai dar certo.

– Não sei, não – falou Lupércio, por sua vez.

– Marcelo talvez tenha razão.

– Pois eu acho que vocês dois estão assistindo filmes policiais demais – concluiu a esposa, divertindo-se com tudo aquilo.

Mais alguns minutos se passaram e o senhor Ambrosino apareceu novamente no portão, trazendo uma folha de papel em uma das mãos e, cumprimentando Lupércio e Meire, disse:

– Bem, senhor Marcelo, felizmente eu encontrei o gerente de vendas e ele me informou o nome do comprador. Foi mesmo o que lhe havia dito que poderia estar acontecendo. Um antigo cliente nosso o adquiriu ontem e assinou um contrato de compra e venda e o senhor deve ter visto a sua filha Flávia, dirigindo o veículo.

– O senhor o conhece e à sua filha?

– Conheço e são meus amigos particulares, inclusive anotei aqui o endereço e o telefone de sua casa.

– Pois eu lhe agradeço muito, senhor Ambrosino. Vou agora mesmo devolver a pulseira a Flávia que, imagino, deva tê-la perdido.

– Não precisa me agradecer e admiro a sua preocupação em devolver a joia. E, por favor, se vier a falar com o Nogueira, diga-lhe que lhe envio meus cumprimentos.

– Eu o farei, senhor Ambrosino, e desculpe-me pelo incômodo.

– Não há por que se desculpar.

– Boa tarde, então, e cumprimente o seu filho por mim.

– Boa tarde.

11
O TELEFONEMA

Na casa de Flávia, por volta das dezesseis horas, ela e seus pais encontravam-se sentados na varanda, enquanto as empregadas colocavam em ordem a sala de refeições e se ocupavam da limpeza da cozinha.

Nesse momento, o telefone tocou e a governanta trouxe o aparelho para o senhor Nogueira.

– Quem é, Divina?

– É um senhor de nome Ambrosino.

– Ambrosino? Eu atendo.

E, tapando o fone, disse à mulher e à filha:

— É o proprietário do carro que compramos ontem.

— Um veículo muito confortável, papai — disse Flávia. — E veloz — complementou sorrindo, lembrando-se do rapaz correndo atrás do veículo.

— Alô... Ambrosino? Como vai, meu amigo? Minha filha está me dizendo que o carro é muito confortável.

— *Disso eu tenho certeza* — respondeu o homem. — *Tudo bem com você, Nogueira?*

— Não vai me dizer que não pretende mais vendê-lo?

— *Não, não. Já é seu, meu amigo. Apenas queria lhe informar que um moço, chamado Marcelo, esteve aqui em minha casa, em busca do proprietário desse carro. Ele disse que anotou a placa e conseguiu descobrir que ele era meu. E eu lhe disse que o havia vendido ontem e que ainda se encontrava em meu nome.*

— E o que ele queria? Comprar o carro?

— Não. Ele queria falar com a moça que o dirigia ontem à noite.

— Com a Flávia?

— Deve ser. Ela saiu ontem à noite, dirigindo-o?

— Saiu, sim. Mas o que ele queria?

— Ele me disse que queria devolver uma pulseira que ela deve ter deixado cair quando entrava no veículo, mas que não deu tempo.

— Espere um momento, Ambrosino. Flávia, você perdeu uma pulseira ontem à noite?

— Uma pulseira, papai? Não. A pulseira que eu usava está lá em cima no meu quarto. Tenho certeza. Por quê?

— O Ambrosino está me dizendo que um rapaz foi até a casa dele, depois de tê-lo localizado como o dono do carro que você estava dirigindo, para devolver uma pulseira que, diz ele, a motorista devia ter deixado cair quando partiu e que não deu tempo de ele lhe dizer.

— Não estou entendendo...

— Um momento só, filha. Deixe-me continuar falando com Ambrosino.

— Está bem.

— Ambrosino, a Flávia está me dizendo que não perdeu nenhuma pulseira.

— *Bem, ele não chegou a afirmar, apenas disse que imaginava que ela a perdera, pois a achara próximo ao carro dela. De qualquer modo, Nogueira, eu lhe dei o seu endereço e o seu telefone. Acredito que ele vá procurá-la. Fiz mal em fazer isso? Esse rapaz, que se chama Marcelo, disse-me que era engenheiro civil e se encontrava com um casal, parecendo serem pessoas confiáveis.*

— Não, não, Ambrosino, não se preocupe. Você fez bem. Não há problema algum. E eu lhe agradeço por ter me avisado. A propósito, segunda-feira, pela manhã, estarei passando pela sua agência de carros para regularizar a compra do veículo.

— *Não se preocupe com isso, Nogueira. Fique à vontade, aliás, se preferir, ligue-me que eu cuidarei de tudo para você.*

– Muito obrigado, mais uma vez.

– *Até outro dia, meu amigo, e pode ter certeza de que está fazendo um bom negócio.*

– Tenho certeza, Ambrosino. Até mais e obrigado.

E o homem desligou o aparelho, entregando-o para a governanta que, a um sinal seu, ficara aguardando.

– E aí, filha? Não se lembra de nada a respeito dessa pulseira?

– Não, papai. E estou achando estranho, pois quando entrei no carro, como lhes contei, só havia aquele rapaz que insistia em me ajudar e que o deixei para trás.

Dona Dulcides, sem pensar muito, colocou a sua opinião sobre esse acontecimento.

– Penso que precisamos ficar atentos.

– Atentos, mamãe?

– Sim. Será que esse moço, que dizia querer lhe ajudar, não estaria inventando essa história da pulseira para falar com você novamente?

— A senhora acha que é ele quem está me procurando para saber se a pulseira é minha?

— Pode ser, afinal, que outra pessoa teria anotado o número da placa do carro, se você diz que não viu ninguém a não ser ele?

— Nisso a sua mãe tem razão, Flávia.

— Bem, pode ser que, depois que eu parti, ele tenha encontrado uma pulseira onde o carro estava estacionado e pensa que eu a perdi.

— E por que anotou a placa do seu carro? — perguntou dona Dulcides.

— Isso eu não sei, mamãe. Talvez tenha ficado preocupado com o meu nervosismo e tivesse a ideia de me procurar. Para falar a verdade, o meu medo era aparente mesmo.

— Filha... — começou a mãe — Eu ainda acho que deveríamos conversar com o senhor Ernani, lá do Centro Espírita.

— Mas por quê, mamãe? A senhora acha que esse meu medo tem alguma coisa a ver com Espíritos? Eu apenas e tão somente fiquei traumatizada com tudo o que aconteceu. E penso que qualquer pessoa ficaria. A senhora não se lembra de quando roubaram uma simples televisão do titio? Ele nem se encontrava na sua residência quando lá entraram e a roubaram, mas, por um bom tempo, tinha medo de entrar sozinho lá.

– Eu entendo, filha, mas...

– Eu sei, mamãe, a senhora é espírita e vê com outros olhos. Até sei o que vai me dizer. A senhora acha que pelo fato de eu estar com esse trauma, Espíritos malfeitores podem ter sido atraídos por esse meu medo e procuram me obsediar, ampliando o problema, não é?

– Pois é isso mesmo, filha. Isso é algo que acontece a todo momento.

– Mas por que fazem isso? Seriam inimigos do passado, como a senhora diz?

– Nem precisariam ser. Há Espíritos que se comprazem em fazer o mal e procuram se aproveitar dos pontos fracos das pessoas.

– Mas nada me protege? Eu imagino ser uma pessoa boa. Nunca fiz nada de mal a ninguém.

– Sei disso, filha, e até não acredito que estariam obsediando você.

– Então...

– Nem sempre a obsessão, que nada mais é do que a permanência de um ou mais Espíritos influenciando uma pessoa, seja para fazer um mal.

– Se não é para fazer mal, para que fazem isso?

– Eu vou lhes explicar: muitas vezes, Espíritos que ainda não se libertaram totalmente das coisas ou sentimentos ligados à matéria, sentem-se atraídos pelos encarnados que padecem de sofrimentos iguais aos deles, na simples tentativa de encontrarem uma solução para o que sofrem.

– A senhora poderia me explicar melhor?

– Posso. Muitas vezes, um Espírito, ao desencarnar, ou seja, ao libertar-se de seu corpo de carne, não percebeu que já se encontra no Plano Espiritual e fica a perambular pela Terra, como se estivesse vivendo um sonho, pois tudo lhe é muito estranho. Dirige-se até a casa onde morava, mas ninguém nota a sua presença, quer dizer, não o enxergam e ele fala com seus familiares e ninguém lhe responde. Procura amigos e acontece a mesma coisa.

– Isso deve ser muito triste, mamãe.

– É triste, sim, mas isso ocorre porque essa pessoa nunca procurou seguir os ensinamentos de Jesus, que aconselhou o desprendimento das coisas materiais e do sentimento de posse sobre as pessoas.

– Mas como pode ser isso? Como nos desprendermos, se vivemos num mundo que é matéria? Deveríamos abandonar tudo e vivermos sem nada, pobremente?

– Não é assim, não, filha. Ninguém precisa viver sem a matéria ou sem os confortos que ela pode proporcionar, apenas não devemos nos escravizar a ela. Podemos viver confortavelmente, adquirirmos bens materiais, mas não podemos nos sentir eternamente proprietários a ponto de sofrermos, após a desencarnação, pela ausência deles. E também devemos agir assim com as pessoas mais amadas.

— Libertarmo-nos delas? Esquecermos que as amamos?

— Eu não disse isso, filha. O que temos de fazer é procurar aprender que o amor deve ser universal. As pessoas que nos cercam são e devem ser as mais importantes para nós, e é com elas que exercitamos o amor, mas temos de compreender que devemos encarar todos os semelhantes como merecedores também desse sentimento. Jesus nos orientou a que amássemos o nosso próximo como a nós mesmos. Você está entendendo?

— Estou, mamãe. Às vezes, é difícil, mas a senhora tem razão. E o que a senhora quer dizer é que se praticássemos mais a caridade, seja de que forma fosse, tudo seria mais fácil para todos.

— Isso mesmo e a caridade não se limita a distribuirmos bens materiais. Palavras de conforto, sorriso amigo, perdão, atenção, paciência são as mais belas formas de se fazer o bem. Se algo de material nos sobra, temos a obrigação de reparti-lo com os que mais necessitam deles e, se formos pensar bem, o que nos sobra, o que não nos faz falta, nem nos traz grandes sacrifícios, não é mesmo?

— A senhora tem razão, mas continue. A senhora estava dizendo que quando um Espírito possui algo que o faz sofrer, acaba aproximando-se de algum Espírito encarnado na ânsia de obter cura, digamos assim?

— Isso mesmo. Um Espírito, por exemplo, que sofra de alguma dor em alguma parte do corpo, acaba por aproximar-se de alguém que faz um tratamento a fim de usufruir das emanações do medicamento que a pessoa toma.

— E faz mesmo efeito?

— Até certo ponto faz. E há aqueles que sofrem com problemas psicológicos e que se aproximam, mais por afinidade, daqueles que possuem esse tipo de desajuste, numa tentativa não somente de auxílio como também porque sabem ser compreendidos.

— E essa aproximação acaba por piorar o problema dos dois?

— Acaba, sim. E é por isso que temos que tentar cuidar de nossos males porque, com certeza, não será somente a nós que estaremos curando. E quando falo de males, não me refiro tão somente aos males do corpo, mas também, e principalmente aos males da alma, do espírito e da mente.

— Eu estou entendendo, mamãe. O que acha, papai?

— Bem, filha. Eu nunca me interessei pela Doutrina Espírita como a sua mãe, mas tenho visto com bons olhos o trabalho caritativo dos que professam essa maneira de pensar. Muitas vezes, aprendo coisas bastante interessantes com a sua mãe e tenho percebido também que essa doutrina não nos força a crer nos seus princípios, mas nos oferece, sim, a oportunidade de raciocinarmos com lógica e amor para podermos compreender todos os caminhos da vida e da morte.

— E a senhora quer que falemos com o senhor Ernani lá do Centro Espírita?

— Eu até já conversei com ele e ele se prontificou a tentar nos ajudar.

— E quando seria isso? — perguntou Flávia, agora interessada.

— Se você e seu pai quiserem, agora mesmo. Ele reside próximo daqui e posso lhe pedir para que venha nos fazer uma visita. Basta que eu lhe dê um telefonema.

— Mas o que ele iria fazer, mamãe? Dar-me um passe, talvez?

— Não sei, mas tenho certeza de que não seria em vão. Isso não quer dizer que ele possa vir a realizar algum milagre com esse seu medo, mas talvez encontre um caminho, com o auxílio das inspirações espirituais. Ele é médium, filha.

— Sei disso. O que acha, papai?

— Eu estou de pleno acordo. Qualquer tentativa para ajudá-la, filha...

— Eu vou lhe telefonar — decidiu dona Dulcides.

12
SEU ERNANI, UM BOM HOMEM

Seu Ernani se encontrava no Centro Espírita, atendendo a necessitados que, aos sábados, para lá se dirigiam em busca de alimentos e roupas que eram distribuídos, de forma equilibrada, conforme a arrecadação junto a colaboradores.

Também ofereciam jantar às dezoito horas e trinta minutos a quem necessitasse. E isso, todos os dias da semana.

E uma senhora pediu para falar com ele a sós,

o que não era raro de acontecer, pois sempre se dispunha a oferecer atendimento fraterno a quem precisasse.

— Pois não, dona Gertrudes — concordou o homem, fazendo-a entrar numa saleta, própria para esse trabalho de esclarecimento e auxílio espiritual.

E sentaram-se a uma pequena mesa, um defronte do outro.

— No que posso lhe ajudar, dona Gertrudes? — perguntou seu Ernani, homem de seus sessenta e poucos anos, bondoso médium vidente e que, quando necessário, Espíritos elevados se utilizavam de sua mediunidade, através da fala, para aconselhar os necessitados de toda ordem.

— Seu Ernani, eu quero, eu me sinto na obrigação, de lhe fazer uma denúncia.

— Uma denúncia?

— Isso mesmo. O senhor deve conhecer a Cleusa, não?

— Cleusa? Sim, eu a conheço. Assim como a

senhora, ela vem buscar alimentos conosco. Agora há pouco eu a vi.

— Pois bem. O que eu quero denunciar ao senhor é que o Centro não deveria mais atendê-la.

— Não, dona Gertrudes? E por quê?

— Simplesmente porque ela não tem necessidade.

— Não estou entendendo. Pelo que eu sei, ela tem quatro filhas pequenas: a Rosa, de doze anos, a Roseli, de dez, a Ivani, de oito, e a Carla, de sete.

Seu Ernani conhecia todos os atendidos pelos nomes e até a idade de cada um. Eram pessoas que dependiam da caridade daquela casa de trabalho, havia muito tempo.

— Eu conheço todas as suas filhas — disse a mulher —, inclusive o seu marido.

— Sim, o Tonho.

— Isso mesmo, aquele imprestável.

— É um filho de Deus também.

— Pode ser, mas é um alcoólatra! Vive caindo de bêbado pelos cantos do bairro.

— Um infeliz.

— Seu Ernani, o senhor parece que não está entendendo.

— E não estou mesmo, dona Gertrudes.

— Pois vou lhe explicar. Eu também passo por necessidades e o Centro me ajuda. Agora, veja o senhor: também tenho quatro filhos e meu marido não é um vagabundo como o Tonho. Ele trabalha e trabalha muito.

— Sei disso. Seu Felício é um homem trabalhador e um bom pai de família.

— Então, seu Ernani, acontece que o Tonho não trabalha, não faz nada a não ser se chafurdar na bebida, e não acho justo o Centro Espírita manter sua família de seis pessoas. Se ele trabalhasse, não precisariam receber tudo o que recebem do Centro. Poderiam ganhar menos alimentos, assim como a minha que recebe apenas pelo que necessita já que, na minha casa, somos dois a trabalhar.

— Dona Cleusa também trabalha.

— Mas somente ela. Por que o marido dela não trabalha? O senhor ainda parece não estar entendendo.

— Então me explique melhor — pediu o homem, pacientemente, sendo inspirado por um dos Espíritos mentores daquela organização beneficente.

— Vou tentar novamente. Em casa, também somos seis pessoas; eu, meu marido e meus quatro filhos. Certo?

— Correto.

— Eu e meu marido trabalhamos e, como o que ganhamos ainda é pouco, o Centro nos ajuda com alimentos e roupas, certo?

— Estou entendendo.

— Muito bem. O que quero dizer é que na

casa da Cleusa somente ela trabalha e o Centro dá alimentos e roupas para ela, para as quatro meninas e para o seu marido, que não trabalha e vive bêbado. Eles ganham mais do que nós, considerando a ociosidade, a vagabundice do Tonho.

– Agora entendi. A senhora quer dizer que sua família possui o mesmo número de pessoas e que vocês ganham menos mantimentos do que a família de dona Cleusa, que também possui o mesmo número de pessoas, mas que um desses seis familiares nada ganha e faz questão de continuar a não fazer nada.

– Entendeu, seu Ernani?

– Eu até compreendo seu ponto de vista, dona Gertrudes, mas é assim que deve ser feito.

– Como assim? Isso, além de ser uma injustiça para com aqueles que trabalham, o Centro estaria incentivando outros homens a ficarem vagabundos e bêbados. Desculpe-me, seu Ernani, mas é assim que penso e sei que muitas mulheres que vêm aqui também têm esse pensamento.

– Eu respeito a sua maneira de pensar, dona Gertrudes, mas não vejo por esse lado.

– E como é que o senhor vê?

– Posso lhe fazer uma pergunta?

– Pode fazer, seu Ernani.

– O seu marido também pensa assim como a senhora?

– Já falei isso a ele e ele concorda comigo.

– E a senhora acha que o seu Felício, seu marido, deixaria de trabalhar, iria se tornar também um alcoólatra, se o Centro lhe desse mais recursos?

– É claro que não, seu Ernani. Meu marido é um homem honesto, trabalhador. O senhor acha que ele faria uma coisa dessas?

– Tenho certeza que não, Dona Gertrudes. Seu marido é um homem forte, corajoso e que, como a senhora sabe, gosta do trabalho, e não iria tomar a iniciativa de viver dessa maneira, como seu Tonho. Mesmo que ele tivesse passado pelo sofrimento dele.

– Sofrimento?

– Sim. Não sei se a senhora sabe, mas seu Tonho passou a beber quando dona Cleusa perdeu a quinta criança no momento do parto e o médico lhe disse que não conseguiria mais gerar outros filhos.

– Ela perdeu uma criança no parto?

– Isso mesmo e ia ser um menino, tão desejado pelo pai. Seu Tonho era um homem trabalhador, dona Gertrudes.

– Eu não sabia disso. Deve ter sido antes de eles se mudarem para cá.

– E foi. Seu Tonho, pelo que dona Cleusa me contou, era um homem honesto e muito trabalhador, assim como seu marido. Tinham até uma boa casa para morar, mas acabaram perdendo tudo por causa de ele entregar-se à bebida e, não tendo mais onde morar, vieram parar aqui neste bairro pobre, onde a senhora também mora.

– Mas a morte de um bebê não seria motivo

suficiente para um homem decair tanto. Meu marido não se entregaria.

— Tenho toda a certeza. Como lhe disse, seu marido é uma pessoa forte, dona Gertrudes, mas seu Tonho não o é. O seu maior sonho era ter um filho homem e bastou essa frustração para que o mundo desabasse sobre ele.

— Mas...

— Se bem me lembro, a senhora esteve presente aqui no Centro quando fiz uma palestra para os assistidos, falando que todos somos Espíritos diferentes. Que uns, já poderiam ter vivido mais vidas que os outros, ou que, simplesmente, teriam passado por experiências diferentes, e que alguns teriam mais coragem para enfrentar certos problemas da vida do que outros.

— Eu me lembro — concordou a mulher, mais humildemente.

— E disse ainda que Deus deseja que os mais fortes procurem auxiliar os mais fracos, estendendo-lhes a mão, da mesma maneira que devem ter a humildade suficiente para estender a mão em busca de auxílio junto àqueles que são mais evoluídos na fé e na coragem.

— Estou entendendo.

— Pois é dessa forma que encaramos as pessoas, dona Gertrudes. Seu Tonho ainda tem dificuldades de lidar com essas questões e acabou por entregar-se à ociosidade e à bebida. Sabemos que não há justificativas para que nos tornemos um vagabundo e bêbado, mas temos de analisar também pelas atenuantes da própria vida. Atenuantes que dizem respeito à decisão de cada um e que devemos fazer todo o possível, tudo o que estiver ao nosso alcance, para ajudarmos os mais necessitados.

— E estão fazendo alguma coisa pelo seu Tonho?

— Estamos, sim, dona Gertrudes, quer dizer, um grupo de pessoas vem insistindo com seu Tonho para que ele faça parte de um grupo de pessoas necessitadas como ele, que se reúnem numa associação denominada "Alcoólicos Anônimos".

– Eu conheço essa associação, pois meu cunhado frequentou e abandonou o alcoolismo. E ele está indo, seu Ernani? – perguntou a mulher, já com outra expressão fisionômica e com tom de voz mais calmo.

– Ainda não, mas acabará indo. Esse grupo que procura ampará-lo nesse sentido é muito bom no convencimento das pessoas.

– Seu Ernani, eu retiro a minha acusação. O senhor tem razão.

– Também há um outro detalhe, dona Gertrudes: dona Cleusa e as crianças não têm culpa de seu Tonho ter se enveredado por esse caminho e não podemos deixá-las à míngua, não é?

– O senhor tem toda a razão, seu Ernani. E nem a ele...

– A senhora entendeu. Dona Cleusa tem muito carinho e cuidado para com ele, e as crianças, apesar de tudo, diz ela, o amam muito. O que podemos fazer é tentar ajudá-lo de todas as formas.

– O senhor me perdoe, seu Ernani. Estava

totalmente enganada a respeito de como devemos auxiliar e compreender as pessoas.

— Não tenho nada a lhe perdoar, dona Gertrudes, mas tenho algo a lhe pedir.

— Pode pedir...

— Gostaria que a senhora se aproximasse de dona Cleusa, nem que fosse para lhe dar uma força com a sua amizade. Digo isso porque noto certa rejeição das mulheres assistidas para com ela, por causa de seu marido. E sei que se a senhora fizer isso, dará o exemplo. Talvez tenha de explicar a todas elas porque está agindo assim, mas estará levando alegria ao pai dela.

— Pai da Cleusa?

— Sim... Deus!

Dona Gertrudes saiu emocionada da saleta.

13
COINCIDÊNCIA?

Depois de insistir muito na ideia de ir sozinho até a casa de seu Nogueira, Marcelo levou Lupércio e Meire para casa e, agradecendo muito pelo grande favor e pelo delicioso almoço, rumou ao endereço que Ambrosino lhe dera.

No caminho até lá, pela direção em que viera, passou por um bairro muito pobre, onde avistou a fachada de um Centro Espírita e passou a lembrar-se de algumas experiências que tivera na infância e na adolescência.

Recordou-se de que, na sua infância, apesar de pequeno, talvez com uns cinco anos de idade, quando estava sozinho, brincando em seu quarto, na maioria das vezes desenhando e pintando com lápis de cores, quando menos esperava, surgia ao seu lado, um velhinho.

Sorridente, esse ancião sentava-se no chão, ao seu lado, e ficava a observar o que ele produzia nas folhas de papel. E conversava com ele, até dando-lhe palpites aqui e ali, sugerindo esta ou aquela cor, sempre elogiando o seu trabalho.

E ele conversava animadamente com o homem, sem parar de desenhar ou pintar o que havia desenhado. Em outras ocasiões, o bondoso velhinho lhe surgia no quintal e com ele brincava de esconde-esconde ou, simplesmente, contava-lhe histórias.

A sua mãe quando o via, contara-lhe ela anos mais tarde, admirava a imaginação do filho, pois não via ninguém a não ser ele, e até pensava que seria muito bom se ele arrumasse um amiguinho para brincar.

E o que mais impressionou sua mãe e seu pai foi quando ele passou a lhes contar algumas histórias que o velhinho lhe narrava, como a do Soldadinho de Chumbo, a dos Três Porquinhos, do Gato de Botas, do Pinóquio e até do Peter Pan.

"Como?", perguntava ela ao marido, pois ele nunca tivera tido contato com esses contos infantis e, daí em diante, até passaram a comprar esses livros para ele.

"Será?", chegou a perguntar o pai, já que eram espíritas e sabiam desses intercâmbios espirituais com as crianças, mais notadamente nessa idade.

E, então, mostraram a ele um álbum de fotografias e qual não foi a emoção quando ele reconheceu a figura de seu avô paterno como aquele que conversava com ele.

Após os seis anos, não mais ocorreram essas aparições, voltando a acontecer na adolescência, um ano antes de ele ingressar numa Universidade.

Lembrava-se perfeitamente de que inúmeras vezes, Espíritos lhe apareciam, mas sem que ele tivesse a oportunidade de com eles conversar. Eram apenas aparições rápidas, de pouco mais de alguns segundos e das que, quando em algumas ocasiões, chegava a reconhecê-las como a de pessoas amigas ou parentes, sempre sorrindo para ele.

Até chegara a estudar a Doutrina Espírita num curso que era ministrado em um Centro, próximo à sua casa, e lido os livros de Allan Kardec e outros psicografados pelo médium Chico Xavier, mas assim que ingressou no curso superior, atirou-se tanto aos estudos que não se via mais com tempo para essas leituras.

E continuou com essas lembranças, rumo ao endereço que tinha no papel que lhe fora dado pelo senhor Ambrosino. Já devia estar perto e passou a prestar mais atenção ao nome das ruas e ao mapa que Lupércio o fizera trazer consigo.

Rodou por mais algumas quadras até que se viu defronte de bonita e rica construção que continha, afixado numa das duas colunas que circundavam alto e pesado portão de metal, o número da residência.

Estacionou o veículo a alguns metros dali e resolveu retornar a pé, atravessando a rua para melhor ver a casa da calçada oposta.

Permaneceu ali por alguns minutos sem saber o que deveria fazer. Deveria tocar a campainha? Como se apresentaria? Talvez devesse falar sobre a "pulseira perdida" que talvez a moça já estivesse sabendo a respeito, caso o senhor Ambrosino tivesse telefonado. Será que ela o reconheceria? E o que perguntaria a ela? Seria melhor apenas ver se ela ainda estava com medo e com aquela expressão própria de quem se encontrava em perigo?

"Bem, se vim até aqui, não posso desistir agora", pensou. "Vou até lá", resolveu.

E começou a atravessar a rua.

Nesse momento, teve uma grande surpresa, ao ver que Nice estava vindo a pé de uma direção oposta à que ele viera, percebendo ainda que, assim como ele, estacionara o carro a certa distância.

— Nice?! O que está fazendo aqui?

— Marcelo!

— O que está fazendo aqui? — perguntou o rapaz novamente, curioso.

— Estou aqui apenas por uma grande coincidência.

— Coincidência?

— Isso mesmo. Eu tive a ideia de vir fazer uma visita àquele Centro Espírita em que a Eliana colabora. Ela já havia me convidado várias vezes e hoje, como não tinha nada para fazer, resolvi atender ao convite dela.

— Até aí, tudo bem. Só não estou compreendendo o fato de você estar se dirigindo a esta casa, assim como eu.

— Oh, sim, mas é muito simples. O que aconteceu é que quando estava indo embora, não deixei de notar como é bonita esta construção e procurei passar devagar com o carro para admirá-la melhor. E qual não foi a minha surpresa ao ver aquele carro lá, veja, naquela garagem.

Marcelo desviou o olhar para onde a moça estava indicando.

– É... Parece-me ser esse o carro que aquela desconhecida de ontem à noite, dirigia. Na verdade, é mesmo, pois possui a placa que eu anotei.

– E foi por causa da placa que resolvi parar e dar uma olhada, pensando em lhe telefonar para comentar com você.

– Você se lembrou das letras e dos números que eu lhe mostrei ontem?

– Lembrei porque as letras formavam uma expressão conhecida e os números se encontravam em uma sequencia decrescente que me chamou a atenção.

– É verdade, Nice.

– E você? Como o descobriu?

E o rapaz lhe contou sobre Lupércio, Meire,

a ideia da pulseira e de como descobrira o endereço.

— E agora, o que vai fazer? — perguntou-lhe Nice.

— Não sei. Penso que devo tocar a campainha. Quer vir comigo?

— Já estou com você.

14
UM ESPÍRITO FEMININO

ERAM CINCO HORAS DA TARDE QUANDO SEU Ernani, após atender mais algumas outras pessoas, permaneceu com a porta da saleta fechada, proferindo mentalmente uma prece de agradecimento ao Plano Maior pelo auxílio recebido nos atendimentos que efetuara.

Terminada a prece, ergueu os olhos e viu uma moça sentada à sua frente, olhando-o fixamente.

Levou alguns segundos para perceber tratar-se de um Espírito, necessitando de auxílio.

— Seja bem-vinda, minha irmã — cumprimentou.

— O senhor consegue me ver?

— Vejo-a nitidamente.

— E pelo que percebo, ouve-me também.

— Sim. Podemos conversar.

— Graças a Deus encontrei alguém de carne que poderá conversar comigo.

— Sou médium, minha irmã.

— Por que me chama assim?

— De irmã? É um costume que temos, afinal de contas, somos todos irmãos, já que possuímos um mesmo pai, que é Deus.

— Eu vi escrito na porta que aqui é um Centro Espírita.

— Isso mesmo.

— Eu já havia passado diversas vezes por aqui, antes...

— Antes...

– É difícil falar... Reconhecer...

– Falar ou reconhecer que a morte não existe, não é?

– Eu morri, não foi?

– Digamos que apenas abandonou o seu corpo, mas continua viva e com um corpo igual. Na verdade, o seu corpo de carne é que era igual a esse que se utiliza agora.

– Mas onde estou? Vejo as pessoas, mas ninguém me vê, com exceção de algumas, na maioria das vezes, de maneira rápida demais da que eu preferiria. Vou ficar perambulando por aqui? Chego a ver alguns outros que sei que também não se encontram mais... encarnados, não? É como falam. Mas e todos os que também morreram? Não haveria um lugar especial, numa outra dimensão? Um Céu ou um inferno? Um purgatório, talvez. Sei pouco ou quase nada a respeito disso tudo.

– Você vai aprender sobre a vida, assim que a encaminharmos para um destino certo, mais apropriado.

A moça concordou com um meneio de cabeça e continuou, sentindo confiança naquele homem que não somente a via, como a ouvia.

— Na verdade, sinto-me mais como se estivesse sonhando. A maior parte do tempo, parece-me estar dormindo e as horas e os dias passam sem que eu o perceba. Mas, de repente, acordo para viver esta vida, como me sinto agora, repito, como se estivesse sonhando.

— E você permanece onde, quando está nessa situação? — perguntou seu Ernani.

— Na maior parte do tempo, na casa onde morava ou no local onde, penso, morri. Procuro sempre ficar ao lado de uma pessoa a quem sinto muito amor, tentando protegê-la.

— Você se lembra de outros que amava e que já se encontram no verdadeiro plano da vida, quero dizer, que já abandonaram o corpo físico?

— Lembro-me de minha avó, mas todas as vezes que penso nela e a chamo, ouço vozes que me falam sem parar e que não permitem que eu continue com o pensamento firme.

— Você chega a ver de onde vêm essas vozes?

— Penso que do interior de minha mente.

— E o que dizem?

— Vivem me ameaçando e dizendo que vão me levar para as cavernas sombrias. Sinto muito medo.

— E chega a vê-los, quero dizer, os que falam com você?

— Nem sempre, mas quando isso acontece, sinto muito pavor porque são figuras tenebrosas, com corpos e faces horríveis.

— Como foi sua vida quando encarnada?

O Espírito feminino baixou os olhos e respondeu:

— Vivi uma vida um tanto desregrada. Estudava numa Universidade e acabei me envolvendo com drogas, bebida, e acabei influenciando muitas pessoas a seguir esse caminho.

– Sente falta das drogas?

– Sinto, mas quando isso acontece, acabo dormindo em seguida, quer dizer, se não me encontro na casa onde morava, volto para lá imediatamente e adormeço.

– Como se sente agora?

– Aqui me sinto bem, mais calma, mas nem sempre é assim.

15
O ENCONTRO DE MARCELO E FLÁVIA

O SOL JÁ SE ENCONTRAVA NO HORIZONTE quando, na casa de Flávia...

– Conseguiu falar com o senhor Ernani, Dulcides? – perguntou seu Nogueira.

– Ainda não. Em sua casa ninguém atende e o telefone celular dele deve estar desligado. Mas não vou desistir, mais tarde tento novamente.

O homem continuava junto da esposa e da filha, ainda sentadas na varanda da casa. Flávia levantou-se para esticar as pernas e viu alguém aproximar-se do portão principal, à distância de uns vinte metros, espaço esse ocupado por bem cuidado jardim.

– Parece que um rapaz e uma moça estão se aproximando do portão, papai.

– Deve ser o que diz ter encontrado uma pulseira no estacionamento.

– Engraçado – comentou a moça –, parece que o conheço.

– Conhece?

– Sim. Tenho a impressão... não sei...

– Tem a impressão...? – pergunta a mãe.

– Tenho impressão, não. Penso que tenho certeza...

– Tem certeza de que, filha? – perguntou agora seu Nogueira.

– Tenho quase que certeza de que esse rapaz foi o que me ofereceu ajuda, ontem, lá no estacionamento. Aquele que eu disse ter convidado a entrar no carro e que, travando as portas, parti.

— Pode ser — balbuciou o pai, levantando-se para olhar melhor.

— Ele está procurando a campainha, papai, e o segurança já está se dirigindo até lá.

— Vou ver o que desejam.

— Vou com o senhor.

— Não, filha. Espere aqui.

E o homem se dirigiu até o portão, antes que o rapaz acionasse a campainha, ou o segurança chegasse.

— Boa tarde, meu jovem — cumprimentou — Deseja alguma coisa?

Marcelo teve um sobressalto ao vê-lo, tranquilizando-se, quase em seguida, ao notar que a pessoa que se dirigira a ele, falara em tom amigável, gentil e sorrindo.

— Boa tarde, senhor. Poderia lhe falar?

— Pode, sim. Por acaso, você se chama Marcelo? — perguntou.

O moço logo imaginou que Ambrosino

deveria ter ligado, avisando que ele talvez viesse até ali por causa da pulseira.

– Meu nome é Marcelo, sim. O senhor Ambrosino deve tê-lo avisado.

– A respeito de uma pulseira, não?

– Sim e não – respondeu o rapaz, achando que o melhor seria dizer toda a verdade, tendo em vista ter percebido que aquele homem, com certeza pai da moça, estava sendo mui atencioso e amigável.

– Sim e não?

– O senhor me desculpe, mas gostaria de falar com a sua filha.

– Ela o conhece?

– Não, mas nós nos encontramos ontem à noite.

– Tudo bem, Marcelo. Por favor, Carlos, destrave o portão – pediu seu Nogueira a um homem que fazia a vigilância da casa, já se aproximando, assim que vira Marcelo chegar até o portão.

– Pois não, senhor.

– Podem entrar. Venham comigo. Vou levá-los até ela – convidou seu Nogueira, polidamente.

E, rapidamente, chegaram à varanda da casa.

– Flávia...

– Sim, papai – respondeu a moça, olhando para Marcelo.

– Este moço, Marcelo, quer falar com você.

– Boa tarde, Marcelo – cumprimentou, dizendo para os pais que poderiam permanecer sentados ali. – Boa tarde..., – cumprimentou também, dirigindo-se à moça.

– Chamo-me Nice.

– Esta é minha mãe, Dulcides, e este, meu pai, Nogueira.

– Muito prazer, senhora.

– Por favor, queiram sentar-se – disse seu Nogueira, indicando duas cadeiras.

– Obrigado. De qualquer forma, serei rápido.

– Você é quem deseja me entregar uma pulseira, que julga eu ter perdido ontem à noite?

Marcelo olhou fixamente para Flávia, para seus pais, e respondeu:

– Não, eu não achei nenhuma pulseira. Até trouxe uma aqui comigo, mas foi apenas uma desculpa para lhe falar.

– Não há nenhuma pulseira? – perguntou a moça.

– Não, não há.

– E o que deseja me falar?

Marcelo, apesar de sentir-se meio constrangido por ter mentido, levou alguns segundos para responder:

– Eu queria verificar se você estaria bem.

– E por que não haveria de estar?

– É que ontem à noite...

– De onde você tirou a ideia de que eu não estava bem?

– E estava?

– Torno a lhe perguntar: você me viu apenas uma vez naquela loja de departamentos e simplesmente chegou à conclusão de que eu necessitava de auxílio. Até foi um tanto quanto inconveniente ao insistir em me prestar ajuda. Tem ideia de como me assustou?

— Não era minha pretensão.

— Mas ainda não respondeu à minha pergunta.

— Acontece que não a vi uma única vez.

— Não? Então, só posso chegar à conclusão de que ficou me espionando — disse Flávia, séria, apesar de estar se divertindo com aquela situação.

— Eu não fiquei espionando você. Fui, sim, à sua procura, depois de eu tentar lhe ajudar e você, completamente atemorizada, saiu correndo, atravessando a rua, por entre os carros, quase sendo atropelada. Até que a encontrei naquela loja. Eu estava seriamente preocupado com você.

— Eu saí correndo, atravessando uma rua, por entre os carros e quase sendo atropelada? Você ficou louco? Nunca o vi antes, nem mesmo em alguma rua e também não corri por entre os carros.

— Talvez você não se lembre. Está fazendo algum tratamento?

— Você acha que estou louca?

— Eu não disse isso. Apenas estou contando o que vi.

— Mamãe, eu somente o vi, ontem, quando se aproximou de mim, querendo me ajudar, mas apenas saí com o carro. Não saí correndo, quase sendo atropelada. Disso, tenho certeza.

— Eu não estou mentindo. Aliás, lá no estacionamento, eu tive a certeza de que era você por causa de um lindo colar e de uma pulseira grossa, ambas as joias de ouro e muito grandes, que você usava. E também, lógico, pelo rosto.

— A moça que saiu correndo por entre os carros tinha uma pulseira e um colar de ouro grandes, de ouro...?

— Eram as mesmas e me chamaram a atenção. Mas... tem alguma coisa que não combina...

— E o que é que não combina?

– Você poderia ficar em pé?

– Ficar em pé? No que isso ajudaria essa sua insistência?

– Por favor, preciso verificar uma coisa.

– Fique em pé, filha – pediu o pai.

– Está bem. Pronto, estou em pé – disse, agora sorrindo.

– Com licença – disse Marcelo, levantando-se e postando-se próximo a ela.

– O que foi?

– Não sei... Quando a encontrei na rua, você parecia ser um pouco mais baixa.

– Mais baixa? Mas que brincadeira é essa?

– Será que você não se lembra? – ainda perguntou o rapaz – Afinal de contas estava muito atemorizada, dizendo que ninguém a poderia ajudar e quando eu lhe disse que não iria lhe fazer nenhum mal, e que existiam pessoas boas neste mundo, você disse: "não eles".

– Eles? E quem seriam?

— Eu não sei. Parecia estar com medo de mais de uma pessoa.

— Pois eu tenho certeza absoluta de que não disse isso a ninguém e muito menos saí correndo por uma rua movimentada.

— Ela não se encontrava tão movimentada, mas havia muitos carros.

Nesse momento, dona Dulcides, parecendo ter compreendido alguma coisa, perguntou ao rapaz:

— Marcelo, por favor, olhe fixamente para Flávia e procure se lembrar de quando tentou ajudá-la pela primeira vez, mais precisamente, se eram as mesmas pessoas.

Marcelo atendeu ao pedido da mulher e pensou por alguns momentos, antes de dizer:

— Agora, olhando bem, não saberia lhe dizer, dona Dulcides. Nas duas ocasiões em que me encontrei com sua filha, lembro-me bem dos cabelos curtos, negros, mas não saberia lhe afirmar se seriam a mesma pessoa. A única coisa que tenho absoluta certeza é no que se refere às duas joias. Nisso eu posso afirmar e até jurar: eram as mesmas. Sabe, gosto de apreciar belas joias e posso lhe dizer que tenho um pouco do que se chama de memória fotográfica quando se trata desses acessórios.

– No que a senhora está pensando, mamãe? – perguntou Flávia, curiosa.

– Marcelo, preciso lhe fazer uma pergunta.

– Pode fazer, senhora.

– Você tem algum conhecimento sobre a Doutrina Espírita?

Marcelo franziu o cenho, pensou um pouco e, lembrando-se de suas experiências da infância e da adolescência, respondeu, já imaginando o que dona Dulcides poderia estar pensando:

– Conheço um pouco, sim, minha senhora. Cheguei a frequentar um curso sobre Espiritismo em um Centro Espírita, próximo de minha casa e li os livros de Allan Kardec e alguns outros do médium Chico Xavier. E também já passei por algumas experiências, quando criança, e na adolescência.

— E que experiências foram essas? Você poderia me dizer?

— Posso, sim. Quando criança, dos cinco aos seis anos de idade, um velhinho conversava comigo, brincava comigo e até me contava histórias. Inclusive foram essas histórias que chamaram a atenção de minha mãe porque nunca ninguém as havia contado para mim. Até então, meus pais, quando me viam falando sozinho, punham à conta da imaginação infantil.

— E quem era esse velhinho?

— Quando mamãe começou a desconfiar de que algo mais estaria acontecendo, mostrou-me um álbum de fotografias e eu o apontei em algumas das fotos.

— E quem era?

— Era meu avô paterno, já falecido.

— E na adolescência também, você disse.

— Sim, quando adolescente, por vezes, via

Espíritos, mas de uma maneira bem rápida, apenas por alguns segundos.

— Espíritos conhecidos?

— Em algumas ocasiões não, em outras, sim. Mas o que a senhora está imaginando?

— Por favor, Marcelo. Espere um momento. Vou buscar algo e já volto.

— Você tem ideia do que sua mãe está pensando, Flávia? — perguntou o rapaz.

— Não faço a mínima ideia — respondeu, meneando a cabeça negativamente.

Nice também estava curiosa e, principalmente, admirada com as revelações de Marcelo, pois nunca soubera de suas experiências com a Espiritualidade.

E antes mesmo de um minuto, dona Dulcides retornou, trazendo consigo dois porta-retratos.

— Marcelo, gostaria que examinasse esta foto — pediu a mulher, entregando ao rapaz um dos retratos, sem lhe mostrar o outro.

— Esta foto é de sua filha Flávia, certo?

— Correto, filho — concordou dona Dulcides e lhe entregou o outro porta-retratos, dizendo-lhe — Agora, gostaria que examinasse esta também.

Marcelo olhou detidamente a foto e respondeu:

— Esta foto é de alguém bastante parecida com Flávia, muito parecida mesmo, mas não é ela. Não obstante, esta é a moça que eu tentei ajudar pela primeira vez.

— A Fátima, mamãe? — exclamou Flávia, enquanto seu Nogueira se levantava para examinar os dois retratos. — A minha prima querida? Mas o que estaria acontecendo?

— Poderia me explicar melhor, dona Dulcides? — perguntou Marcelo.

— Fátima faleceu há cerca de seis meses.

Marcelo sentiu um arrepio a lhe percorrer todo o corpo e exclamou:

— Meu Deus!

16
QUEM DIRIA?

Já era noite quando seu Ernani chegou à casa de seu Nogueira. Dona Dulcides havia conseguido entrar em contato com ele há cerca de uma meia hora atrás. Haviam convencido Marcelo a lá permanecer até que ela conseguisse encontrá-lo porque achavam que seria bom que ele estivesse presente para narrar ao médium o que acontecera na noite anterior. E Marcelo e Nice telefonaram, cada um para sua casa, a fim de avisar a seus pais sobre a demora em retornar.

Assim que seu Ernani entrou na sala de estar

onde eles se encontravam, o rapaz teve um choque, pois Fátima o acompanhava, juntamente com uma senhora de idade avançada, bastante simpática.

A sua surpresa foi tamanha que se levantou de chofre do sofá, onde se encontrava sentado, afastando-se por alguns metros.

– Seu Ernani, muito obrigado por ter vindo – cumprimentou dona Dulcides, agradecendo-lhe.

– Boa noite a todos.

Seu Nogueira dirigiu-se até ele, convidando-o a sentar-se numa das poltronas, enquanto todos voltavam a se acomodar. Somente Marcelo continuou em pé.

– Não vai sentar-se, Marcelo? – perguntou Flávia, estranhando a expressão atônita do rapaz que olhava para um ponto bem próximo ao médium.

Tamanha era a nitidez da vidência do rapaz que ele disse, continuando a mirar na mesma direção, e apontando para a poltrona onde estivera sentado:

– A senhora não quer se sentar?

– Você as está vendo? – perguntou seu Ernani.

– Sim, senhor. A moça, pelo que descobri há pouco, imagino que deva ser um Espírito desencarnado, não?

– Sim, meu rapaz.

– Estou convidando a mulher que está ao lado do senhor. Ela também...?

– Também. Você poderia descrevê-la?

– Bem, trata-se de uma senhora de idade, cabelos brancos, penteados com um coque, bem no alto da cabeça, trajando um vestido rosa com florezinhas azuis, e um grande broche com a figura de Nossa Senhora.

– É minha mãe! – exclamou dona Dulcides, visivelmente emocionada. – Sua bênção, mamãe! Sua bênção!

E chegou a ajoelhar-se, próxima de seu Ernani que, prontamente a ajudou a levantar-se.

— Ela diz que os abençoa a todos — revelou Marcelo que a ouvira dizer isso, agora abraçada a Fátima.

— Mas onde as encontrou, seu Ernani? — perguntou seu Nogueira, não menos emocionado e até impressionado com a pergunta que fizera.

— Esta tarde, esta moça, Fátima, procurou-me no Centro Espírita, pedindo auxílio, pois encontrava-se perdida na dimensão verdadeira da vida. Não conseguia visualizar os Espíritos que a queriam ajudar, nem mesmo sua avó, que ela chama de Emerenciana.

— Marcelo, Fátima, a quem me referi como minha prima, é filha de minha tia Mercedes, uma irmã de mamãe. Ela morava conosco para poder estudar aqui na Capital.

— Compreendo e ela desencarnou e ficou vagando por aqui?

— Eu vou lhes explicar — disse seu Ernani — Pelo que ela me narrou, estudava, morava aqui com vocês, mas ingenuamente acabou se envolvendo com a bebida e com as drogas. Vocês sabiam disso?

– Não – afirmou dona Dulcides – Nunca me passou pela cabeça. Você sabia, Flávia?

– Eu até imaginava, mas quando lhe perguntava, ela sempre negava.

– Ela pede perdão a todos por ter mentido e trazido tantos transtornos a vocês e à sua querida mãe, que tanto sofre. E lhes pede que diga à sua mãe Mercedes que a perdoe, mas que se encontra muito bem, a partir do momento em que se encontrou com a sua avó.

– Mas o que aconteceu para que ela viesse a morrer daquela forma, assassinada a socos desferidos por aqueles traficantes? Estaria ela devendo dinheiro a eles?

– Foi o que ela me revelou, dona Dulcides – respondeu seu Ernani – Disse ainda, que eles queriam que ela lhes levasse joias pois morava em uma linda e rica mansão. E ela lhe prometeu, mas no dia aprazado, foi ao encontro dos traficantes, sem as joias, a fim de convencê-los a lhes dar um pouco mais de prazo para pagar. Ela pretendia contar tudo a vocês e pedir ao seu Nogueira que lhe arrumasse o dinheiro.

– Deveria ter contado tudo para mim, Fátima – afirmou seu Nogueira, acreditando que ela estivesse ali, mas sem saber para onde dirigir o seu olhar.

– Ela diz que sente muito.

– E quanto ao medo de Flávia? Teria sido um trauma pelo fato de a prima ter morrido daquela maneira?

– Um pouco sim, dona Dulcides – explicou o médium – Todos ficamos com mais medo quando algo de ruim acontece tão próximo de nós, não é? Mas no caso de Flávia, e Fátima também lhe pede perdão por isso, tinha muito medo de que a prima viesse a ser atacada também por aqueles marginais, haja vista que eles sabiam que ela possuía as joias que tanto queriam.

– Eles foram mortos pela Polícia, seu Ernani.

– Você sabia disso, Flávia? – perguntou seu Ernani.

– Eu não sabia e penso que ela também não. Sabia, Fátima?

Marcelo a ouvia responder ao médium, mas mesmo assim, seu Ernani repetia as palavras do Espírito, a fim de que todos tomassem conhecimento do que ela estava dizendo.

– Ela diz que não. E era por isso que vivia ao lado de Flávia a fim de lhe inspirar o temor em sair sozinha à noite, principalmente por aqueles locais do centro da cidade, infestados de traficantes e assaltantes sem escrúpulos e nem piedade do ser humano. Mas apenas fazia isso para protegê-la.

– Nós também ficamos sabendo depois, e Fátima não deve ter presenciado a morte deles, pois deve ter sido a primeira a ser baleada no tiroteio.

– E quanto ao colar e à pulseira, seu Ernani? – perguntou Flávia.

– Talvez você não saiba, mas muitos Espíritos conseguem plasmar objetos, tais como vestuário, acessórios e o que necessitam naquele momento. Na verdade, nem sabem como o fazem, mas o fazem. E pelo que ela me diz, gostava muito de suas roupas e das joias que usava. Também diz que não tinha inveja, apenas gostava. E, ontem, ela se revestia dos mesmos trajes que você, Flávia, inclusive com as joias que Marcelo viu.

– Eu sei. Fátima sempre foi e será uma excelente pessoa, mesmo tendo essa infelicidade de ter se enveredado por esse caminho tão difícil do vício.

– E eu lhe expliquei muita coisa, principalmente convencendo-a a ir com sua avó, que antes ela não conseguia visualizar, para locais mais adequados ao seu aprendizado no bem e também para um tratamento tão necessário à sua recuperação.

– Quer dizer que irei perder todo esse medo que sinto em sair à noite, principalmente, sozinha? – perguntou Flávia. – Afinal era ela quem me inspirava esse temor.

– Com certeza, irá, sim, Flávia. Mas ela me

pede encarecidamente que lhe diga para tomar cuidado com as companhias e com os lugares a frequentar.

— Eu farei isso, minha prima.

— Quanto a você, Marcelo, ela lhe agradece por ter sido tão solícito quando a viu, bem como a Flávia em dificuldades.

Marcelo olhou para ela e disse:

— Eu não poderia ter agido de outra maneira, Fátima.

— Vocês querem partir? — perguntou seu Ernani às duas.

Marcelo as viu, então, neta e avó, abraçando-se, contentes e entusiasmadas com essa nova etapa da vida que se lhes descortinava. E, como num passe de mágica, desapareceram de sua visão.

— Era sobre isso que vocês desejavam falar comigo?

— Era, seu Ernani. Na realidade, a princípio, queríamos conversar com o senhor a respeito do problema de Flávia, e lhe pedir algum tipo de ajuda espiritual.

– Sim.

– Mas, agora, o senhor já entrou aqui com o problema, pelo que estamos percebendo, resolvido.

– Deus percebe as dificuldades de todos os Seus filhos, e basta que resolvamos trabalhar em benefício do próximo para que tudo se esclareça e tenha a melhor solução possível. Então, eu não entrei aqui com o problema resolvido, Deus o resolveu nos unindo a todos. Bem, se não há mais nada que possa fazer por vocês, eu me vou, pois necessito de muito descanso esta noite.

– Que Deus lhe pague, seu Ernani – desejaram todos.

– Bem, penso que também devemos ir e aproveitaremos a saída de seu Ernani – disse Marcelo.

– Não gostariam de ficar mais um pouco? – perguntou Flávia.

– Até gostaríamos, mas já é tarde, não é, Nice? – respondeu o rapaz.

– Também acho, sim.

– Além do que – completou Marcelo, olhando para a sua colega de serviço –, se você aceitar, Nice, gostaria de convidá-la para jantarmos juntos esta noite e continuarmos com a nossa conversa de ontem. Você aceita?

A moça abriu lindo sorriso e aquiesceu:

– Eu gostaria muito, mas...

– Mas...?

– Desde que me prometa não encontrar mais nenhuma estranha em apuros pelo caminho...

– Pois eu prometo que só irei ter olhos para você.

FIM

idelivraria.com.br

Pratique o "Evangelho no Lar"

Aponte a câmera do celular e faça download do roteiro do **Evangelho no lar**

Ide editora é nome fantasia do Instituto de Difusão Espírita, entidade sem fins lucrativos.

📷 ideeditora   f ide.editora   🐦 ideeditora

◄◄ DISTRIBUIÇÃO EXCLUSIVA ►►

📍 Av. Porto Ferreira, 1031 | Parque Iracema
CEP 15809-020 | Catanduva-SP
📞 17 3531.4444   🟢 17 99257.5523

- 📷 boanovaed
- ▶ boanovaeditora
- f boanovaed
- 🌐 www.boanova.net
- ✉ boanova@boanova.net

Fale pelo whatsapp

Acesse nossa loja